ELISABETH HERING

Sagen und Märchen von der Nordsee

ALTBERLINER
Berlin · München

Illustrationen von
Christa Unzner-Fischer

Galoppeisen und Flugeisen

Eines Tages ritt ein Bauer seines Weges von Loxstedt nach Bremerhaven, und er merkte nicht, daß er sein Pferd ein Hufeisen verloren hatte. Da begegnete ihm ein kleines Kerlchen, das ein rotes Röcklein trug und struppiges Haar und listige Augen hatte, das rief ihm zu: »Dein Gaul hat drei Eisen – wo ist das vierte?« Der Bauer stieg ab und besah sich den Schaden. »Ja, du hast recht, Kleiner. Und ich danke dir schön. Doch kannst du mir auch noch sagen, wo hier in der Nähe eine Schmiede ist?« – »So nimm dein Pferd am Zügel, und komm mit!«

Sie waren gar nicht weit gegangen, da hörten sie schon das lustige »Dipink diripank!« und sahen hinter einem Hügel auch bereits den Rauch aufsteigen. Und als sie um den Hügel herumbogen, standen dort drei ebensolche Kerlchen am Amboß, die hatten gerade ein Hufeisen in der Zange. »Oh, da komme ich ja recht!« rief der Bauer freudig aus. »Könnt das Eisen gleich meinem Pferd aufschlagen. Es hat eins am Weg verloren.« Sein Begleiter aber – wie sich herausstellte der Meister dieser Schmiede – fragte ihn: »Und was für Eisen willst du haben? Trabeisen ... oder Galoppeisen?« – »Dann schon lieber Galoppeisen!« Als das eine Bein des Pferdes beschlagen war, meinte der Kleine: »Und die drei andern alten Eisen, sollen die nicht auch gleich mit erneuert werden?« – »Was fällt dir ein? Die sind doch noch gut. Die werden noch manchen Ritt mitmachen.«

Damit nahm der Bauer den Zügel aus des kleinen Meisters Hand und fragte: »Was bin ich schuldig?« – »Den Trunk aus deiner Flasche!« war die Antwort. Der Mann freute sich, daß er so billig davonkommen sollte, und nahm aus der Satteltasche eine Flasche Wein. Der Meister nahm zwei Schlucke, die Gesellen einen – die Flasche war leer!

»Ihr habt einen guten Zug!« lachte der Bauer. »Euer Durst ist wohl größer, als ihr selber seid?« Doch da sie so tüchtige Arbeit geleistet hatten, gönnte er ihnen gerne den Lohn – um so mehr, als ihm ja für den eigenen Durst noch eine zweite Flasche in der Satteltasche steckte. Und er schwang sich aufs Pferd und gab ihm die Sporen, um die verlorene Zeit wieder einzuholen.

Doch kam er nicht weit. Denn das neu beschlagene Bein des Tieres griff mächtig aus, während die drei andern gar nicht recht nachkommen konnten. So machte denn der Gaul die wunderlichsten Sprünge, und der Reiter vermochte sich kaum im Sattel zu halten. Was blieb ihm anderes übrig: Er mußte absteigen und sein Tier zur Schmiede zurückführen.

»Hab's mir gedacht!« lachte ihm der Kleine entgegen. Hab die drei andern Eisen schon fertig gemacht!« – »So schlag sie nur schnell auf! Und was sollen sie kosten?«

»Einen Trunk aus deiner Flasche!«

›Soll mir recht sein!‹ dachte der Bauer. ›Ist zwar meine letzte, aber der Weg zur Schenke ist ja nicht weit!‹ Und er ließ die Zwerge sein Pferd beschlagen.

Dann griff er in die Satteltasche, nahm die ihm noch verbliebene andere Flasche heraus – wieder tat der Meister zwei Schlucke, die Gesellen einen – die Flasche war leer. Der Bauer schwang sich in den Sattel, und das Pferd griff aus.

»Guten Heimweg!« riefen die Kleinen ihm noch nach. Aber er hörte es schon nicht mehr.

Das war ein Ritt!

Dem Bauern schien es, als berührten die Hufe kaum den Boden.

Im Nu war er vor der Schenke.

Der Wirt stand gerade in der Tür – er hatte den Reiter schon von weitem kommen sehn. Er half ihm vom Pferde, führte das Tier in den Stall, geleitete den Gast in die Stube und holte aus dem Keller die verlangten zwei Flaschen Wein. Aber es war ihm nicht entgangen, daß die Hufeisen des Pferdes leuchteten wie Silber.

»Ihr habt ein gutes Tier!« sagte der Wirt zum Gast, mit dem er sich unterhielt, während der die erste und dann auch gleich noch die zweite Flasche austrank. »Ja, das Tier ist gut«, meinte der Bauer, »aber die Eisen sind noch besser. Und dabei haben sie mich nur zwei Flaschen Wein gekostet. Doch ich will zahlen, Wirt, damit ich heimkomme! Was bin ich schuldig?«

»Eure vier Hufeisen!«

»Aber Wirt, Ihr seid wohl nicht recht bei Troste?«

»Wieso denn? Habt Ihr denn nicht eben selbst gesagt, daß Ihr für die Eisen haargenau zwei Flaschen Wein bezahlt habt?«

Der Bauer wollte auf diesen Handel nicht eingehen. Da drohte der Wirt mit dem Gericht, und der Bauer, weil er das lächerlich fand, war ohne weiteres bereit, sofort mit nach Wulsdorf zum Richter zu reiten. Der entschied jedoch zugunsten des Wirtes, da der Bauer ja zugeben mußte, daß er die Hufeisen tatsächlich um zwei Flaschen Wein erhalten hatte.

Als der Wirt die Eisen von des Bauern Pferde riß, sagte sich dieser: »Na wart nur! Das letzte Wort ist in dieser Sache noch nicht gesprochen.« Und er schwang sich in den Sattel und ritt langsam den Weg zurück, den er gekommen war.

»Dipink diripank!« klang es vom Hügel her.

»Nanu!« sagte der Meister Schmied, »wo hat denn das Pferd seine Eisen gelassen? Ist doch nicht gut möglich, daß sie so schlecht gehalten haben?«

»Gehalten hätten die wohl bis zum Jüngsten Tag«, erwiderte der Bauer, »aber ...« Und er erzählte dem Kleinen seine Geschichte.

»Mach dir nichts draus«, sagte der Zwerg. »Sollst andre haben. – Willst du Galoppeisen ... oder Flugeisen?«

»Dann am liebsten schon Flugeisen«, antwortete der Bauer. »Aber Wein habe ich keinen mehr.«

»Macht nichts. Bringst ihn später.«

Die Gesellen traten den Blasbalg, daß die Kohlen weiß aufglühten, der Meister nahm das erste Eisen in die Zange, hell hallten die Schläge, und im Handumdrehn waren die vier Eisen fertig und das Tier beschlagen.

Als der Bauer den Zwergen dankgesagt und sich verabschiedet hatte, schwang er sich aufs Pferd, und kaum spürte es den Reiter, da stob es auch schon davon. Keine Funken sprühten unter seinen Hufen, kein Stampfen war auf der Erde zu hören – nicht hart und nicht weich.

So kamen sie in sausendem Ritt zur Schenke.

Der Wirt stand schon in der Tür und half dem Gast aus dem Sattel, und er schielte dem Pferd gleich nach den Hufen. Blitzten die Eisen nicht wie Gold?

»Zwei Flaschen Wein!« sagte der Gast, trank sie jedoch nicht, sondern steckte sie in die Satteltasche. »Und was bin ich schuldig?«

»Wieder Eure vier Eisen«, forderte der Wirt.

»So haben wir nicht gewettet«, rief der Bauer.

»Gut, dann mag nochmals der Richter entscheiden«, erwiderte der Wirt, holte auch gleich seinen Gaul aus dem Stall, der die vier neuen Eisen schon an den Hufen hatte, und kletterte hinauf. Da gab der Bauer seinem Pferde die Sporen, und es lief wie der Wind, kaum konnte das Tier des Gastwirts ihm folgen.

So ritten sie eine Meile und zwei – der Gast voran, der Wirt hinterher. Und wie sie ans Moor kamen, flog des Bauern Pferd nur so darüber hin, als sei es fester Boden. Als aber der Klepper des Wirtes seine Füße hineinsetzte, sanken sie ein, und das Moor verschlang Roß und Reiter.

Der Bauer kehrte darauf um, und er wollte wieder zur Schmiede reiten, um den kleinen Leuten den ausbedungenen Lohn zu bringen. Doch er ritt den Weg umsonst entlang – suchte auch noch ein zweites Mal hin und zurück nach Hügel und Schmiede – er konnte sie nirgends finden.

»Nun«, rief er aus, »so holt euch, was euer ist!« und er warf die beiden Flaschen hoch in die Luft. Wo sie aber niederfielen, das konnte er nicht sehen, und aufschlagen hörte er sie auch nicht. Nur war ihm, als vernähme er ganz von fern ein leises »Dipink diripank!« – es klang wie »Ichdankdir ich dank!« Da ritt er fröhlich nach Hause.

Nach mehr als hundert Jahren waren in dem Moore Arbeiter beim Torfstechen. Da sah einer von ihnen tief im Grund einen Pferdeschweif liegen. »Wat is dat for'n Steert?« rief er den andern zu. Und die kamen auch gleich herbei und gruben nach, und sie holten die Gebeine des Wirtes heraus und die des Kleppers – nur die Hufeisen fand keiner von ihnen.

Drei Töpfe am Meeresgrund

In einem kleinen Fischerdorf an der Nordsee lebte einst ein Fischer, dem alles, was er anpackte, mißlang. Warf er sein Netz ins Wasser, so holte er es in neun von zehn Fällen fast leer wieder heraus, und fühlte es sich doch einmal schwer an, rissen todsicher die Maschen, und der ganze Fang sauste in die Tiefe. War morgens das Wetter unsicher und blieb er deshalb zu Hause, so klärte es sich über Tag auf, und seine Kameraden kamen mit reicher Beute zurück. Wagte er aber bei klarem Himmel die Fahrt, kam gewiß bald ein Unwetter auf, so daß er seine Netze im Stich lassen mußte und nur mit knapper Not den Stürmen entrann.

Nicht einmal in der Liebe hatte er Glück. War seine Kathrin einst nicht das sanfteste und freundlichste Mädchen gewesen? Nun aber, da sie seine Frau geworden war, machte er ihr nichts mehr recht. Sie schalt, weil er zu spät aufstand, schalt über den schlechten Fang, daß er das Boot nicht teerte, die Segel nicht flickte, die Netze vernachlässigte – kurz, sie schien ihm ein rechter Drachen geworden zu sein. Nun, dann sollte sie sich auch nicht wundern, wenn er im »Goldenen Hecht« vor Anker ging und lieber Branntwein schluckte als das salzige Wasser, das ihm die Sturzseen ins Gesicht warfen.

Bald lungerte er von früh bis spät im Wirtshaus

herum, und wenn Kathrin einen Fisch in die Pfanne haben wollte, so mußte sie sich selber aufmachen, um ihn zu fangen.

Das tat sie denn auch. Sie war ein starkes, tüchtiges Frauenzimmer, und sie lernte das Fischerhandwerk auszuüben wie ein Mann. – Und sonderbar, ihr füllten sich die Netze, und keines riß, und sie fuhr auch bei unsicherem Wetter hinaus, ohne daß ihr ein Schaden geschah.

Wenn sie aber heimkehrte, fand sie den Mann entweder in der Schenke oder betrunken auf seinem Lager. Das gab kein frohes Wiedersehen!

Wenn er dann nüchtern wurde, redete sie ihm ins Gewissen: »Kannst du denn nicht endlich ein anderes Leben beginnen? Sieh dir den Jens an, unsern Nachbarn. Er hat ein schönes Haus, seine Frau muß sich nicht auf dem Meere abplagen – sie sitzt in der Stube und spinnt und webt und näht. Und zieht die Kinder groß, von denen eines hübscher ist als das andre. Doch was für ein Leben habe ich?«

Da fuhr der Mann auf. »Du redest, wie du es verstehst. Weißt du denn nicht, woher es kommt, daß der Nachbar immer Geld hat? Meinst du, er habe es durch Arbeit erworben? Weit gefehlt! Man erzählt sich, daß er auf ganz andere Weise dazu gelangt ist!

Er war genau so arm wie wir, wenn nicht ärmer, weil er doch die vielen Kinder hat. Und eines Abends, als er wieder nur mit kärglichem Fang heimgekommen war, ging er noch einmal zum Strand hinunter in der Hoffnung, das Meer werde vielleicht etwas anspülen, was seiner Not mit einem Schlag ein Ende machen könne.

Wie er so in Gedanken versunken dahinschritt, stand plötzlich vor ihm ein ihm unbekannter Mann, mit wirren, nassen Haaren, groß aufgerissenen Augen und einem totenfahlen Gesicht. ›Willst du mir einen Gefallen tun?‹ fragte der unseren Nachbarn. ›Es soll dein Schade nicht sein. Ich werde dir's reichlich lohnen!‹

›Und was willst du von mir?‹ fragte ihn Jens.

›Sieh diesen Ring. Steck ihn an deinen linken Goldfinger und spring in die See. Das Wasser kann dir nichts anhaben, und du wirst in den Palast der Ran gelangen, der Meerfrau. Sie wird dich freundlich empfangen, schön mit dir tun und dir allerhand Speisen auftischen. Du aber laß dich auf nichts ein, sondern sieh nur zu, daß du von den drei Töpfen, die umgestülpt im Zimmer stehen, rasch den mittleren umstößt. Wenn dir das gelingt, so hast du getan, was ich von dir verlange, und ich werde dir's reichlich lohnen!‹ Damit legte er dem Jens einen schmalen Goldreif vor die Füße und verschwand.

Der betrachtete lange das funkelnde Ding, das im Sande lag, und wollte nicht recht an die Sache heran. Doch schließlich dachte er an die hungrigen Kinder und an die verzweifelte Frau, steckte den Ring an den Finger und sprang in die See.

Je tiefer er sank, desto weniger spürte er die Nässe des Wassers, und als er am Meeresgrund war, erschien es ihm, als wandle er im Sonnenschein auf einer schönen grünen Wiese. Männer sah er, die mit Sensen das Gras mähten, andere, die auf weiter Ebene Kühe weideten, und von fern hörte er die Herdenglocken klingen und dazu den Gesang der

Schnitter und die Flötenlieder der Hirten. Und es kam ihm vor, als erkenne er manchen wieder, der früher mit ihm zur See gefahren und dann ertrunken war.

Es sprach ihn aber keiner an, und er ging weiter, bis er an ein großes Schloß kam, das aus klarem Kristall und schimmernden Muscheln prächtig erbaut war. Die hohen Türen taten sich von selbst vor ihm auf, und eine wunderschöne Frau trat ihm entgegen und sagte: ›Kommst du endlich? So lange schon hab ich auf dich gewartet!‹ Sie nahm ihn bei der Hand und führte ihn in einen Saal, der von tausend Kerzen erhellt war. Und die Tafeln waren gedeckt mit den herrlichsten Speisen, so daß dem hungrigen Mann das Wasser im Mund zusammenlief. Schon wollte er sich niedersetzen, da sah er auf dem Estrich zu seinem Glück die drei umgestülpten Töpfe stehen, und die Worte des bleichen Mannes klangen ihm in den Ohren: ›Stoß rasch den mittleren um!‹

So machte er eine schnelle Wendung und stieß heftig mit dem Fuß an den Topf in der Mitte, daß er umfiel. Da hörte er ein Zischen, und ein feiner Nebelfaden hob sich vom Boden und entschwand.

Die Meerfrau aber sah ihn mit ihren grünen Augen zornfunkelnd an. ›Was hast du getan?‹ rief sie und wollte ihn packen, doch als sie den Ring an seinem Finger erblickte, bebte sie erschrocken zurück.

Und ein Brausen erhob sich, es dröhnte ihm in den Ohren, und er fühlte sich von unwiderstehlichen Gewalten emporgehoben. So stieg er und stieg und verlor die Besinnung. Als er wieder zu sich kam, lag er am Strand, und der Fremde stand vor ihm, aber nun war sein Gesicht nicht mehr fahl, sondern es war gebräunt wie das eines Seemanns, und er sagte: ›Du hast meine Seele vom Grunde des Meeres befreit! Zum Dank dafür schenke ich dir diesen Topf! Er ist mit Goldstücken gefüllt bis zum Rand. Und wieviel du auch davon ausgibst, er wird niemals leer!‹

Siehst du, Kathrin, so ist es also gekommen, daß es unserm Nachbarn so gut geht, und zum Fischen fährt er nur aus, weil er verbergen will, daß er sein Geld nicht durch die ehrliche Arbeit seiner Hände erworben hat.«

»Nun, Geschichten erzählen kannst du ganz gut«, meinte die Frau. Doch es war recht deutlich der Widerwille zu spüren, mit dem sie dieses Lob aussprach. »Ach, wenn nur dein Handwerk ebenso flott ginge wie dein Mundwerk!« – »Du glaubst wohl nicht, was ich sage? So frag doch die Muhme, die hat's mir erzählt, und die weiß es von ihrer Nichte, die wieder von ihrer Schwiegermutter, und die Schwiegermutter der Nichte ist das rechte Geschwisterkind von unseres Nachbarn Frau!«

Aber auch nach diesem Gespräch blieb alles beim alten. Der Mann faulenzte und trank, und die Frau arbeitete und schimpfte, ja, schließlich schlug sie ihren Mann sogar – und je ärger er's trieb, desto ärger trieb sie's, und je ärger sie's trieb, um so ärger trieb's auch er.

Eines Tages nun, als alle Boote auf See waren, erhob sich plötzlich ein heftiger Sturm, und als die Fischer mit knapper Not den Hafen erreichten, bemerkten sie, daß die Frau fehlte. Und sie kam auch nicht den nächsten Tag zurück und nicht den übernächsten, und bald zweifelte niemand daran, daß sie ertrunken sei.

Da freute sich der Mann, daß er seine böse Frau endlich losgeworden war und nun nach Herzenslust tun und lassen konnte, was er wollte.

Man kann sich leicht vorstellen, wie es mit ihm weiterging. Er trug sein ganzes Geld in die Schenke, und als es alle war, verkaufte er Möbel und Gerät, und als er schließlich außer einem alten Strohsack gar nichts mehr besaß, warf ihn der Wirt zur Tür hinaus.

Da war er nun zum erstenmal seit vielen Wochen nüchtern, und es war ihm hundeelend zumute. Etwas mußte geschehen, das war klar! Aber was? Zum Fischfang hinaus konnte er nicht, denn mit der Frau war ja auch das Boot draußen geblieben, und sich bei einem andern Fischer verdingen konnte er auch nicht – denn wer hätte ihn genommen?

Plötzlich kam ihm ein rettender Gedanke. War nicht der Nachbar am Strand entlanggegangen – und war ihm da nicht Glück und Reichtum geworden? Warum sollte er's nicht auch einmal damit versuchen?

Gedacht, getan. Und wirklich, kaum war er um die erste Dünenecke herumgekommen, da stand ein Mann vor ihm mit nassen Haaren, großen, weit aufgerissenen Augen und einer Gesichtsfarbe so bleich wie ein Leichentuch, und der fragte ihn: »Willst du mir einen Gefallen tun?«

»Soll ich einen der drei Töpfe umwerfen, die in Rans Palast auf dem Estrich stehen?« fiel ihm der Fischer fast ins Wort, glücklich, so schnell ans Ziel seiner Wünsche zu kommen. »So gib mir nur gleich den Ring, dann will ich's gerne tun!«

Da nickte der Bleiche mit dem Kopf, warf ihm einen Goldreif zu und verschwand. Der Fischer aber fing den Ring auf, steckte ihn sich an und sprang ins Wasser.

Er sank und sank, und je tiefer er kam, desto weniger spürte er die Nässe, und als er am Meeresgrund angelangt war, meinte er, auf einer schönen grünen Wiese zu stehen. Er schritt tüchtig aus und begegnete bald den Männern, die mit großen Sensen das Gras in Schwaden hinlegten, und in manchem von ihnen vermeinte er einen der Fischer wiederzuerkennen, die in den letzten Jahren ertrunken waren. Als er aber an ihnen vorübergegangen war, fingen sie an zu schreien, drohten ihm mit ihren Sensen und liefen gar hinter ihm her, so daß er, weil er eine Heidenangst ausstand, rannte, so schnell sein Füße ihn trugen.

Darauf kam er an den Hirten vorbei, die ihre Herden weideten. Kaum hatten sie ihn erblickt, als sie auch schon ihre Hunde auf ihn hetzten, und er jagte dahin wie einer, der um sein Leben läuft, und entrann ihnen und ihren Hunden mit knapper Not.

Endlich erblickte er in der Ferne ein großes Gebäude, und er ging darauf zu. Aber es war kein Palast aus Muscheln und klarem Kristall, sondern ein klobiges Haus, aus rohen Steinblöcken zusammengefügt. Und aus seinem Tor trat nicht eine schöne Frau heraus, sondern ein unförmiges Weib, dick wie eine Tonne, mit roten Glotzaugen und alt wie das Meer selbst. »Das also ist Ran?« schoß es ihm durch den Kopf.

Als sie des Mannes ansichtig wurde, rief sie mit dröhnender Stimme: »Kommst du endlich? Das Hochzeitsbier ist schon lange gebraut!« Und sie packte ihn mit ihren starken Fäusten und zerrte ihn ins Haus hinein, obwohl er sich mit Händen und Füßen sträubte.

Hier stand nun der arme Kerl, und der Angstschweiß rann ihm aus allen Poren. Da sah er mit einem Mal die drei umgestülpten Töpfe auf dem Estrich stehen, und so kam ihm auch wieder in den Sinn, weshalb er sich eigentlich in dieses Abenteuer gestürzt hatte. Ja, einen davon mußte er umwerfen, dann würde alles gut werden! Aber welchen? O Gott, das hatte er ja zu fragen vergessen!

Und doch, es galt keine Zeit zu verlieren. Ran hatte ihn zwar losgelassen, aber sie sah ihn mit ihren Augen so sonderbar an, daß ihm ein Schauder den Rücken hinunterlief. Und so nahm er seinen letzten Mut zusammen, sprang mit einem Satz in die Mitte des Raumes, und ehe das dicke Meerweib ihn hindern konnte, stieß er mit dem Fuß gegen den ersten besten der Töpfe. Und es zischte, wie wenn ein Seehund prustet, und Ran brüllte auf wie ein wildgewordener Stier und wollte sich auf den Fischer stürzen. Dem aber brauste es in den Ohren, und er fühlte sich von unsichtbaren Gewalten ergriffen und mit großer Kraft emporgehoben. Er stieg und stieg und stieg, und alles versank hinter ihm: die Schnitter, die Hirten, das steinerne Haus, das alte Riesenweib, ja das Meer selber. Als er aber seinen

Fuß wieder auf festen Boden stellte, verlor er die Besinnung.

Wie lange er in dieser Ohnmacht gelegen hatte, wußte er nicht. Doch wachte er auf von einer Stimme, die laut und herrisch seinen Namen rief. ›Donnerwetter!‹ dachte er, ›wenn ich nicht wüßte, daß Kathrin ertrunken ist, so sollt ich doch meinen ...‹

Und sie war's wirklich! Breitbeinig stand sie vor ihm, stemmte die Arme in die Seite und schrie ihn an: »Du alte besoffene Ratte, schämst du dich nicht, am hellichten Tag schon auf dem Strohsack zu liegen?«

Es dauerte eine Weile, bis er zu sich kam. Ja, wie war er denn in seine Stube und auf seinen Strohsack gekommen? Und war es am Ende ausgerechnet Kathrins Seele gewesen, die er befreit hatte?

Man erzählt sich, daß der Fischer nach diesem Erlebnis in sich gegangen und noch ein tüchtiger und brauchbarer Mensch geworden sei, daß seine Frau sich das Keifen abgewöhnt habe und beide freundlich und friedlich miteinander ihre Tage zu Ende gebracht hätten, und das ist wohl das Allerseltsamste an dieser seltsamen Geschichte!

Der Mantel der Meerjungfrau

In einem kleinen Dorf an der Nordsee wohnte der Fischer Dirk mit Antje, seiner Frau. In der Fülle ihres tiefschwarzen Haares war sie von einer eigenartigen, fremd wirkenden Schönheit. Dirk hatte sie in sein Heimatdorf mitgebracht, als er einmal – nach einem überraschend reichen Fang – weit, weit stromauf gefahren war, um seine Fische in einer großen Stadt günstig zu verkaufen. Dort war ihm Anna auf dem Marktplatz begegnet, wo sie, eine geschickte und fleißige Weberin, ihr blendend weißes und mit schönen Mustern verziertes Leinen feilbot. Aber so glücklich die beiden miteinander lebten und so gut die Frau mit frohem Sinn Haus und Garten instandhielt – in eines konnte sich die Binnenländerin nur schwer finden: daß der Beruf ihn zwang, sich immer wieder mit seinem Boot dem ihr unheimlichen Meer anzuvertrauen. Und sie sollte leider recht haben mit dieser Besorgnis.

Denn eines Tages, als die Männer wieder alle zum Fang ausgefahren waren, zog plötzlich ein schweres Gewitter auf, und nur die wenigen, die in der Nähe der Küste gefischt hatten, konnten noch zeitig genug in die kleine Hafenbucht zurückkehren und sich und ihre Boote in Sicherheit bringen – die anderen aber, die das Unwetter auf hoher See überraschte, kamen im Sturme um. Doch während in den nächsten Tagen alle Ertrunkenen an Land gespült wurden, so daß man sie auf dem Kirchhof des Dorfes beerdigen konnte, fehlte von Dirk jede Spur. Er war am weitesten aufs Meer hinausgefahren, und keiner hatte gesehen, wo er mit den Wellen gekämpft und den Tod gefunden hatte.

Lange Zeit hoffte die Frau, vielleicht habe ein Segler den Schiffbrüchigen retten können, und sie ging täglich an den Strand, um nach ihm Ausschau zu halten. Als aber Woche um Woche vergangen und er immer noch nicht zurückgekehrt war, faßte sie einen tiefen Groll gegen das Meer.

Antje hatte ein einziges Kind, ein flachshaariges fünfjähriges Mädchen, Susanne. Die Kleine kannte nichts Schöneres, als an Sommertagen am Strand zu spielen und sich aus Sand und bunten Muschelschalen Gärten und Burgen und Schlösser zu bauen. Doch nun verbot es die Mutter ihr streng.

»Die See ist falsch und tückisch«, sagte sie. »Sie hat dir den Vater geraubt. Versprich mir, daß du nicht mehr an den Strand gehst, daß du niemals den Fuß ins Wasser setzt. Sonst bleibst du dort, wo dein Vater blieb, und ich sehe dich niemals wieder.«

Die Mutter hatte es nicht leicht, für sich und Susanne das tägliche Brot zu verdienen. Sie spann und webte und nähte für Fremde und hatte von früh morgens bis abends spät zu tun. Aber sie hielt das Kind immer unter ihrer Aufsicht, denn eine tiefe Bangigkeit erfüllte ihr Herz.

Eines Abends hatte sie Susanne ganz früh schlafen gelegt, weil sie noch ein großes Stück Leinwand bis zum nächsten Tag fertigweben wollte. Doch gegen

Mitternacht wurde sie von Müdigkeit ergriffen, und sie nahm ein Licht und ging in die Schlafkammer. Als sie aber an das Bett ihres Kindes trat, schrie sie laut auf vor Schrecken: Das Lager war leer! Sie suchte das Haus ab, den Garten, rief den Namen des Kindes – umsonst. Da lief sie zum Strand hinab.

Die See lag ruhig, denn es war windstill. Der Mond stand rund und voll am Himmel. In der Ferne klagte ein Nachtvogel.

Die Mutter suchte nach Spuren, die die kleinen Füße im Sand hätten hinterlassen können. Aber trotz des hellen Mondlichts konnte sie nichts erspähen, und auch im Dorf, wo sie von Haus zu Haus ging, hatte niemand das Mädchen gesehen.

Die arme Frau hörte nicht auf, nach ihrem Kinde zu suchen, und als sie eines Abends wieder verzweifelt am Strande hin und her ging, vernahm sie plötzlich aus der Ferne einen zauberisch schönen Gesang. Er schien vom Meer her ans Ufer zu dringen.

Antje trat ganz nahe an das ihr so unheimliche Wasser, und da erblickte sie nicht weit vom Ufer eine Frauengestalt, die bis zum Gürtel aus der Flut emporragte. Sie trug einen Kranz von Seerosen im offenen Haar und sang mit leiser Stimme, aber doch so deutlich, daß die Frau jedes Wort verstehen konnte:

»Mein Schloß ist aus blankem Kristall.
Die Fische müssen mir dienen.
Und meine Lieblinge all,
sie tanzen und spielen mit ihnen.
Sie werfen den goldenen Ball
und reiten auf stolzen Delphinen.«

Der Frau verschlug es den Atem. Wie, wenn auch Susanne unter diesen Lieblingen wäre, von denen die Nixe sang? Und alle Furcht bezwingend, rief sie so laut, daß es über das Meer drang: »Mein Kind! Wo ist mein Kind?«

Die Meerfrau vernahm den Schrei, schwamm nahe an das Ufer heran und setzte sich auf einen aus dem Wasser ragenden Felsen. »Dein Kind wird nicht wiederkommen«, sagte sie, »denn ich habe es zu mir geholt, und nie gibt die See etwas Lebendiges zurück. Aber tröste dich, die Kleine hat es gut. Alle Kinder, die ich bei mir habe, tanzen und spielen den ganzen Tag und wollen gar nicht wieder von mir fortgehen.«

»Sehnen sie sich denn nicht nach Hause? Weinen sie nicht nach ihren Müttern?«

»Sie sehnen sich nicht, und sie weinen nicht – sie haben alles vergessen.«

Da bat und flehte die Mutter so lange, bis die Nixe sich ihrer erbarmte. »Wenn du dein Kind einmal sehen willst«, sagte sie, »mußt du mir tausend Meilen weit folgen durch Fluten und Wellen und dann mit mir niedersteigen, dort wo die See am tiefsten ist, tausend Klafter tief unter dem Wasserspiegel.«

»Ja«, sagte die Mutter nur, der vor banger Erwartung das Herz erzitterte.

Da schwamm die Meerjungfrau an den Strand, und Antje mußte sich auf ihren breiten, schuppigen Schwanz setzen. Dann glitten sie schneller als das schnellste Schiff durch die Wogen. Und der Mond ging unter, und nichts war um sie als Wasser und Finsternis.

Endlich sahen sie aus der Tiefe einen Lichtschimmer aufstrahlen. »Hier ist es«, sagte die Meerjung-

frau. »Hole noch einmal tief Atem, dann müssen wir hinunter.«

Die Wellen schlugen über Antjes Kopf zusammen, und sie schloß die Augen. Und als sie sie wieder öffnete, stand sie in einem kristallenen Palast. Das Licht, das von ihm ausging, erleuchtete das Wasser meilenweit.

Antje wurde in ein kleines Gemach geführt, und von da konnte sie durch eine glasklare Wand in einen Saal blicken, in dem sich eine Schar Kinder vergnügte. Sie sah, wie einige von ihnen mit den Fischen um die Wette schwammen, andere in einem Reigen tanzten, einige Mädchen sich Kränze aus Seerosen wanden und die verwegensten Knaben auf großen Delphinen ritten. Und mitten in dieser fröhlichen Schar entdeckte sie Susanne, die einen Kranz weißer Blumen im Haar trug und mit einem schönen, blau und silbern geschuppten Fisch Haschen spielte. Und jedesmal, wenn es ihr gelang, den stummen Spielkameraden zu berühren, jauchzte sie. Aber der Mutter ging dieses Jauchzen durch Mark und Bein. »Susanne!« rief sie schmerzlich, »Susanne!« Doch das Kind konnte sie nicht hören.

Nach einer Weile kam die Meerjungfrau wieder. »Du hast nun genug gesehen!« sagte sie. »Du hast jetzt gesehen, daß die Kleine es gut bei mir hat. Gib dich zufrieden!«

Und plötzlich rauschte das Wasser in den Ohren der Frau wie ein ferner Glockenton, und ein Schwindel befiel sie. In Todesangst griff sie nach dem Leib der Meerjungfrau und klammerte sich an ihm fest, und so, halb ohnmächtig, wurde sie an Land gebracht.

Als sie am Ufer angelangt war und die frische Luft sie zu sich brachte, schrie sie: »Mach mit mir, was du willst! Aber ich lasse dich nicht von mir, ehe ich nicht mein Kind wiederhabe!«

Die Meerjungfrau schüttelte sich und schlug mit ihrem schuppigen Schweif heftig nach allen Seiten, doch Antje ließ nicht los, bis die Nixe sagte: »Gut, dein Wunsch soll erfüllt werden. Aber nur unter einer Bedingung: Webe mir aus deinen Haaren einen Mantel, der meinen ganzen Leib bedeckt – dann sollst du dein Kind wiederhaben.«

Sie gab ihr auch eine kleine Büchse mit einer wohlriechenden Salbe. »Reibe dir damit die Kopfhaut ein«, sagte sie, »und du wirst sehen, wie schnell dir das abgeschnittene Haar wieder nachwächst.«

Da eilte die Unglückliche nach Hause, schnitt sich die langen, nachtdunklen Zöpfe ab und spann und webte Tag und Nacht. Und beim nächsten Vollmond ging sie mit dem fertigen Umhang zum Strand. Die Meerjungfrau saß auch schon auf dem Felsen und ließ sich den Mantel um die weißen Schultern legen. Aber er reichte ihr nur bis zum Gürtel.

»Er ist zu kurz!« fuhr sie Antje an. »Er muß länger werden, viel länger!« Und sie gab ihn der Mutter zurück.

Als die Meerjungfrau an diesem Abend in ihr Schloß trat, ging sie auf Susanne zu und nahm sie bei der Hand. »Gefällt es dir bei mir, mein Kind?« fragte sie. »Aber freilich«, gab das Mädchen zur Antwort, und dabei schlang es die Ärmchen um den Hals der schönen Jungfrau. Aber ein Haar des Mantels, das sich aus dem Gewebe gelöst und in dem Seerosenkranz verfangen hatte, war dabei in Susannes kleine Finger geraten, und wie sie wieder spielen ging, bemerkte sie den langen schwarzen Faden und betrachtete ihn nachdenklich. Woher nur mochte er kommen? Und als sie sich das Haar langsam und bedächtig um den Finger wickelte, fühlte sie, wie es ihr weh ums Herz wurde. Aber sie wußte nicht, warum.

Nach ein paar Tagen bemerkte die Meerjungfrau, daß Susanne nicht mehr lachte und scherzte wie sonst, und sie ging auf das Mädchen zu und sagte: »Du bist so still geworden, mein Kind, hast du einen Kummer?« – »Kummer? Was ist das?« gab Susanne zurück. Aber, nach einer Weile: »Seht, was ich gefunden habe.« Und sie wickelte das schwarze Haar vom Finger und hielt es der Meerjungfrau hin. Doch die riß es ihr aus der Hand. »Das ist nichts Besonderes!« sagte sie unwirsch. »Nur ein wenig Zwirn aus dem Gewand einer Ertrunkenen.«

Die Kleine griff danach, wollte es wiederhaben, aber die Nixe wehrte es ihr.

»Laß das!« sagte sie. »Es taugt nicht für dich. Komm, wir singen lieber ein schönes Lied.« Und sie nahm das Kind in den Arm und fing an:

»So fern das Land, so tief die See,
Hier unten gibt's nicht Leid und Weh.
ei ei lei ei lei lu lu
Geh und sing und tanz und spiel auch du.

So reich mein Schloß, so klar die Flut.
Hier unten geht es allen gut.
ei ei lei ei lei lo lo
Sei wieder heiter, wieder froh.«

Das Kind schlief ein in ihrem Arm, und am nächsten Morgen spielte es fröhlich wie immer.

Antjes Geduld wurde auf eine harte Probe gestellt. Denn trotz der Salbe, die sie eifrig benutzte, wuchs ihr Haar nicht von einem Tag zum andern nach, sondern es verging eine Woche und eine zweite, und erst in der dritten hatte es seine alte Länge wieder. Aber schwarz war es nicht mehr, sondern es war weiß geworden, schlohweiß.

Doch das war der armen Mutter gleichgültig. Sie schnitt es ab bis zur Kopfhaut und spann und webte Tag und Nacht, denn bis zum Vollmond mußte der Mantel fertig sein.

Aber als ihn Antje der Meerjungfrau, die auch diesmal schon auf dem Felsen wartete, um die Schultern legte, war diese wieder nicht zufrieden. »Jetzt reicht er mir wohl bis zur Mitte des Schwanzes – aber das ist immer noch nicht genug. Bis zu seiner Spitze muß er gehen. Einhüllen muß er mich ganz und gar! Und dann – wie in aller Welt sieht er denn aus? Oben schwarz und unten weiß? Du denkst wohl, ich soll mich von den Fischen im Meer auslachen lassen?«

Ärgerlich warf sie das Gewebe von sich. »Wenn du mir nicht in vier Wochen einen Mantel bringst, der so schön ist, daß mich meine Schwestern darum beneiden, bekommst du dein Kind nie und nimmermehr.«

Als die Nixe an diesem Abend in ihr Schloß zurückkehrte, trug sie, ohne es zu wissen, ein weißes Haar mit sich, das sich aus dem Gewebe des Mantels gelöst und an einer ihrer Schwanzflossen verfangen hatte. Und wieder war es Susanne, die es auf einmal in den Händen hielt.

Als das Kind das Haar berührte, zuckte ein plötzlicher Schmerz durch seine Brust. »Mutter!« rief es aus, »Mutter, wo bist du?« Und das Kind irrte von einem Saal in den andern, aus einem Gemach in das nächste – aber hinaus aus dem Schloß konnte es nicht, die Pforte war versperrt.

Endlich begegnete es einer riesigen Schildkröte. Die war wohl schon an die hundert Jahre alt, und Moos wuchs auf ihrem Rücken, und vieles hatte sie gesehen, vieles erlebt, Gutes und Böses. Und als sie den Jammer des Kindes vernahm, streckte sie langsam den Kopf unter ihrem Rückenpanzer hervor und sprach: »Deine Mutter, mein Kind, sitzt in großem Kummer in ihrem Haus am Meer. Sie wob für unsere Herrin einen Mantel aus ihren Haaren, erst schwarz und dann weiß – aber er war der Nixe nicht lang genug und auch nicht schön genug. Zweimal hat sie ihre Zöpfe abgeschnitten, und nun muß sie warten, bis sie zum drittenmal gewachsen sind. Doch sie wartet umsonst. Denn die Salbe, die die Nixe ihr gegeben hat, ist aufgebraucht.«

»Ich will zu meiner Mutter! Bring mich zu meiner Mutter«, flehte das Kind. Und es rüttelte an der verschlossenen Pforte.

»Das geht nicht«, antwortete die Schildkröte, »tausend Klafter hoch steht das Wasser über uns, und wenn du aus dem schützenden Haus der Nixe hinausgehst, mußt du ertrinken. Aber hör gut zu, was ich dir sage, denn ich will dir helfen. Schneide deine schönen blonden Haare ab, ich werde sie deiner Mutter bringen, und die wird den Mantel damit fertigweben. Dann wird die Nixe ihr Versprechen, dich deiner Mutter zurückzugeben, halten müssen. Aber nimm dich in acht und verrate dich nicht. Sei lustig und munter wie sonst.

Und steck dir so viel Seerosen und Tang um den Kopf, daß niemand sieht, daß dein Haar nicht mehr da ist.

Leider konnte die Schildkröte dem Kind keine Schere geben. So blieb denn dem armen Mädchen nichts anderes übrig, als sich die Haare einzeln vom Kopfe zu reißen. O tat das weh! Doch verbiß Susanne tapfer den Schmerz, und stolz übergab sie der Schildkröte das dicke Bündel ihrer Haare.

Die Mutter aber ging wie schon in den letzten Tagen so auch an diesem Abend zu dem großen Felsen am Ufer, auf dem die Meerjungfrau in den Vollmondnächten saß und sang. Denn der Salbentiegel war völlig leer, und das Haar war nicht nachgewachsen, so daß sie fürchten mußte, kahl zu bleiben und den Mantel nie im Leben fertigstellen zu können. Deshalb hoffte sie, die Meerjungfrau wenigstens zu überreden, ihr den Tiegel aufzufüllen. Aber sie wartete vergebens, die schöne Nixe kam nicht wieder.

Doch an diesem Abend war der Felsen nicht leer. Antje sah deutlich, wie sich darauf etwas bewegte. Und als sie näher kam, plumpste eben ein mächtiges Tier ins Wasser.

Die Frau trat hinzu und traute kaum ihren Augen: Haar lag auf dem Felsen, zu einer dicken Strähne zusammengebundenes Haar – blond wie das ihres Kindes.

In dieser Nacht konnte Antje keinen Schlaf finden. Am liebsten hätte sie sich gleich ans Spinnrad gesetzt, um den Mantel so schnell wie möglich fertigzustellen, aber sie wußte nicht wie. Denn wenn sie zu dem schwarzen und dem weißen Streifen noch einen blonden hinzufügte, würde die Meerjungfrau den Mantel dann nicht erst recht zurückweisen und ihr Kind in alle Ewigkeit behalten? So lag die arme Frau schlaflos und zermarterte sich das Hirn, und kein rettender Gedanke wollte ihr kommen, bis ihr der Kopf brannte von all dem schweren und trostlosen Nachdenken.

Um ihn zu kühlen, stand sie auf, trat ans Fenster, öffnete es und ließ sich die Nachtluft um Stirn und Schläfen wehen. Und wie sie zum Sternenhimmel emporblickte, sah sie es plötzlich vor sich, wie sie den Mantel weben müsse, damit die eitle Jungfrau endlich Gefallen an ihm fände.

Da konnte sie es kaum erwarten, bis es Tag wurde. Schon bei der ersten Morgenröte fing sie an, mit unendlicher Geduld das schon fertige Gewebe auseinanderzutrennen. Und sie wob ein neues mit tausend silbernen und goldenen Sternen auf dunklem Grund.

Als der neue Vollmond aus dem Meer stieg, tat sie den letzten Stich an dem Gewand, das nun lang und schleppend war wie der Krönungsmantel einer Königin. Und mit eiligen Schritten lief sie hinab zum Strand. Würde die Meerjungfrau heute endlich ihr Wort halten und das Kind zurückgeben?

Wie sie zum Felsen kam, war die schöne Nixe schon da. Sie griff nach dem Mantel, den Antje ihr darbot, hielt ihn gegen das helle Mondlicht und lächelte. Dann legte sie ihn sich um die Schultern, und er hüllte ihre ganze Gestalt ein bis zur letzten Spitze ihres Schwanzes.

»Jetzt ist er gut!« sagte sie. »Nun sollst du dein Kind wiederhaben. Setz dich auf meinen Schwanz. Ich bringe dich zu ihm. Mach ein Boot los vom Strand. Darin ruderst du mit deinem Kind zurück.«

Wieder ging es in sausender Fahrt durch die Wellen bis an den Ort, wo tief unter ihnen das Schloß der Meerjungfrau lag. »Bleib hier und warte, dein Kind wird bald bei dir sein«, sagte die Nixe und verschwand in den Wogen. Und es dauerte auch gar nicht lange, da tauchte vor Antjes Augen Susannes Köpfchen aus der Flut, und die Mutter zog das Kind in ihre Arme. Es atmete, und es lebte!

Sofort nachdem die Meerjungfrau den Befehl gegeben hatte, das Kind hinaufzubringen, hüllte sie sich in den Mantel und eilte durch die Säle des Palastes, bis sie an ein verschlossenes Gemach kam, zu dem nur sie ganz allein den Schlüssel hatte. Und sie sperrte die Tür auf und trat ein.

Auf einem Lager von Tang und Algen schlief ein großer, blonder Mann. Die Nixe rüttelte ihn wach: »Willst du nicht endlich zu mir kommen?«

Der Mann richtete sich auf. »Deine Augen sind heute nicht so kalt wie sonst. Wenn ich dich anschaue, empfinde ich kein Grauen mehr. Hast du vielleicht etwas Gutes getan?«

»Wenn ich ein Kind, das am Grunde des Meeres vor allem Leid und aller Bosheit der Menschen geborgen war, zurückführe in die Arme seiner Mutter, die es doch weder vor Leid noch vor bösen Gelüsten bewahren kann, ist das dann etwas Gutes? Und wenn ich aus Sturm und Not einen Mann vor Tod und Verderben errette und in meiner Kammer berge, ist das böse?«

Sie schwieg und sah ihn an, und er erhob sich und trat einen Schritt auf sie zu. Hatte er ihr Unrecht getan? Jedesmal bisher, wenn sie ihm genaht war, hatte er sich abgewandt, weil trotz ihrer Schönheit ihr Blick ihm in die Seele schnitt und weil ihn graute vor ihrem schuppigen Schwanz.

Aber heute? Was für ein Glanz lag in ihren Augen? Und wo war der Fischschwanz geblieben?

Der lange Mantel, der ihre ganze Gestalt einhüllte, verbarg ihn vor seinen Blicken, und er breitete die Arme aus und zog sie an sich. Doch kaum berührte er ihr Gewand, als ihn ein Zittern überfiel. »Wo hast du den Mantel her?« fragte er bebend. Ihre Augen funkelten wie Irrlichter, und sie begann zu singen und wiegte ihren Körper im Rhythmus des Liedes:

»Die See ist so wild, die See ist so weit,
doch du bist vor allem Verderben gefeit,
und was du zuvor besessen,
das hast du vergessen.«

»Heut singst du umsonst«, stöhnte der Mann. »Dein Mantel ... ist gewebt ... aus den Haaren ... einer Frau ...!«

»Die Männer kämpften im sinkenden Boot
und mußten ertrinken«,

sang die Meerjungfrau,

»doch dir droht kein Tod!
Und alles, was du besessen,
das wirst du vergessen!«

»Hör auf mit dem Lied! Alles hatte ich vergessen, wußte nicht mehr, wer ich bin, wie ich hierherkam. Jetzt aber weiß ich, das Haar meiner Frau war dunkel wie der Nachthimmel und ist nun bleich wie das Sternenlicht.

»Du wohnst in einem kristallnen Gemach,
die Fliesen Korallen, Perlmutter das Dach,
und alles, was du besessen ...«

»... hab ich nicht vergessen! Ein Kind hatten wir, mein Weib und ich, blond wie ich selbst es bin – und es sind ihre Haare, die du dir zum Mantel hast weben lassen, um deinen häßlichen Schweif vor mir zu verbergen!«

Als die Meerjungfrau das hörte, schrie sie auf, und mit einer jähen Bewegung zerschlug sie das Fenster und stieß den Mann hinaus in die finstere Flut. Im selben Augenblick überzog sich der Himmel mit schweren Wolken, und es erhob sich ein Sturm, der das kleine Boot, in dem sich die Frau und das Kind angstvoll aneinanderschmiegten, wie eine Nußschale auf den Wogen tanzen ließ. Als der Mann aus den Wellen auftauchte und die verzweifelten Rufe hörte, da nahm er alle Kraft zusammen und erreichte das fast schon kenternde Boot. Und seinen starken Armen gelang es, sich und die Seinen vor dem Untergang zu retten. Als das erste Morgenlicht durch die Wolken brach, steuerte er das Boot in die heimatliche Bucht.

Die sieben Faulen

In alten Zeiten, als Bremen noch nicht so groß war wie heute, waren in der Gegend der jetzigen Stefansstadt nur Äcker und Kohlgärten. Aber das Land dort gab wenig Ertrag, denn der Boden bestand fast durchweg aus Sand, und die Weser, die damals noch nicht eingedeicht war, machte durch ihre jährlichen Überschwemmungen oft selbst das wenige zunichte, das darauf gedieh.

So war es auch nur armes Volk, das sich hier niederließ: Menschen, die einen kleinen Acker besaßen und denen die Wohnungen innerhalb der Stadt zu teuer waren.

Einer der Ärmsten unter ihnen war ein Mann, dessen Wiesen in der tiefsten Niederung lagen. Dort blieb das Wasser der Weser oft bis in den Sommer hinein stehen. Die Dünen aber, die sich oberhalb und unterhalb seiner Wiese neben dem Strom dahinzogen – und auf deren einer er seinen Kohlacker hatte –, waren sandig und wenig fruchtbar. Nur in sehr trockenen Jahren durfte er auf eine kleine Heuernte hoffen; dann aber verdorrte ihm wiederum sein bißchen Gemüse. Er konnte deshalb auch kein Großvieh halten und begnügte sich damit, ein paar Hühner und eine Ziege zu füttern.

Wie seine Frau es fertigbrachte, mit den kargen Erträgnissen der Wirtschaft Tag für Tag ihre Familie satt zu machen, das blieb ihr Geheimnis. Denn die Familie war nicht klein. Einen Sohn nach dem andern brachte die Frau zur Welt, und schließlich waren es sieben, die jeden Morgen und Mittag und Abend ihre Füße unter den Tisch streckten.

Je älter sie wurden, desto mehr brauchten sie. Aber sie waren dankbare Esser, die sich mit Kohlsuppe oder sauren Bohnen zufriedengaben, und Hafergrütze mit süßer Milch war ihnen ein Festgericht.

Sieben Söhne! Welch ein Reichtum für einen Bauern, wenn sie mit Hand anlegen können in den Viehställen und auf den Feldern! Hier aber waren sie für den Vater kein Reichtum und keine Hilfe, denn die wenige Arbeit, die es in der kleinen Wirtschaft zu tun gab, bewältigte er mit Leichtigkeit allein, und die Burschen wußten nicht, was sie mit sich und all der vielen Zeit, die sie hatten, anfangen sollten. Darum schliefen sie in den Tag hinein, kamen spät zum Frühstück, schlenderten dann zum Strom hinab, sahen den Schiffen nach, die auf der Weser segelten, standen neben den Fischern, die ihre Angeln ins Wasser warfen, und warteten geduldig, ob ein Lachs anbisse oder ein Stör. Und tüchtig waren sie nur darin, einzuhauen, wenn die Mutter die dampfende Schüssel auf den Tisch trug. Und so kam es, daß sie in der ganzen Nachbarschaft nicht anders genannt wurden als die »sieben Faulen«.

Aber eines Tages wurde es dem Ältesten zu dumm. »Vater«, sagte er, »ich sehe, daß unser Hof zu arm ist, um Arbeit für uns alle zu haben, darum bitte ich dich, erlaube mir, daß ich mir anderwärts einen Dienst suche.«

Als die Brüder hörten, was der Älteste sprach, wollten sie auch nicht zurückstehen; ja nicht einmal der Jüngste, der noch ein halbes Kind war, ließ sich bewegen, zu Hause zu bleiben. Umsonst sagte der Vater, daß er sein Alter zu spüren beginne und daß die Arbeit ihm immer saurer werde. Seine Söhne aber antworteten, daß er sie bis jetzt nicht zur Arbeit angestellt habe. Er könne sicher auch weiterhin ohne sie fertig werden, zumal es, wenn sie alle vom Hofe seien, nicht mehr soviel zu tun gäbe.

Am nächsten Morgen zogen sie also aus, sich als Knechte zu verdingen: sieben junge Männer, groß und stark wie Riesen, mit kräftigen Fäusten, die zupacken konnten und wollten. Und sie meinten, man habe überall gerade nur auf sie gewartet.

Aber sie erlebten eine Enttäuschung nach der andern. Denn als man in der Nachbarschaft von ihrem Vorhaben hörte, spottete man nur und sagte: »Seht die sieben Faulen! Ihren Vater haben sie arm gegessen, jetzt wollen sie sich auf Kosten anderer mästen. Wehe dem Bauern, der einen von ihnen auf den Hof nimmt, er wird es bald erfahren, was es heißt, einen Knecht zu haben, der faul ist bei der Arbeit und fleißig beim Essen.«

So fanden sie in der Umgebung keinen Dienst. Und selbst als sie nach Bremen gingen, um sich bei einem der reichen Kaufleute als Pferdeknechte oder Lastenträger zu verdingen, war ihnen ihr schlechter Ruf schon vorausgeeilt und verschloß ihnen alle Türen.

Müde und niedergeschlagen kamen sie des Abends in die Hütte ihres Vaters zurück. Zum erstenmal in ihrem Leben schmeckte ihnen das Essen nicht, das die Mutter auf den Tisch setzte. Auch gingen sie nach dem Abendbrot nicht gleich schlafen, wie es sonst ihre Gewohnheit war, sondern sie blieben stumm und verdrossen auf der Bank sitzen und stierten vor sich hin.

Der Vater hatte Mitleid mit seinen Söhnen und überlegte, wie er ihnen helfen könne. Darum bot er ihnen an, ihnen die Wirtschaft zu überlassen und sich aufs Altenteil zurückzuziehen, wenn sie nur daheimbleiben wollten. Doch der Älteste schüttelte trotzig den Kopf. »Hier auf diesen mageren Äkkern«, sagte er, »wo du allein kaum Arbeit und Auskommen findest, sollen wir uns weiterhin im Wege stehn? Nein, Vater, du brauchst uns nicht, um das bißchen Erbsen und Bohnen zu pflanzen – und um dein spärliches Heu zum Trocknen auf die Düne zu tragen, damit es dir nicht in der Lache ersäuft. Wir aber wollen etwas schaffen, und da wir hier nirgends Arbeit finden, so gehen wir eben morgen hinaus in die weite Welt.«

Als die Mutter das hörte, begann sie zu weinen. Und auch der Vater, der Angst hatte, seine Söhne für immer zu verlieren, drang in sie, von ihrem Vorhaben abzulassen. Sie aber hatten es sich nun einmal in den Kopf gesetzt, dorthin zu wandern, wo man ihren Spottnamen nicht kannte – und wo nichts ihnen im Wege stand, ihr Glück zu machen. Und noch ehe sich die Sonne am Himmel zeigte, schnürten sie ihre Bündel, sagten Vater und Mutter Lebewohl und gingen hinaus in die weite Welt.

Mit Tränen in den Augen sahen die beiden Alten

ihren Kindern nach, und ihre einzige Hoffnung war, daß der Hunger die Söhne doch bald wieder zu den Kochtöpfen der Mutter zurückführen werde.

Doch sie warteten vergebens. Ein Tag um den andern verstrich, ein Monat um den andern, aber die Burschen kamen nicht wieder.

Die Jahre gingen ins Land. Die armen Eltern begannen sich an den Gedanken zu gewöhnen, daß sie ihre Söhne wohl niemals mehr wiedersehen würden. Es fiel ihnen schwer genug. Die Leute aber hatten die Burschen schon fast vergessen.

Doch da lief eines Tages ein Geraune von Hütte zu Hütte: »Die sieben Faulen kommen!« Alles stürzte zur Tür, und richtig, da konnte man sie schon von weitem erkennen, denn so groß und stattlich waren nicht viele. Sie gingen aber stumm und grußlos an den neugierigen Gaffern vorüber, und auch diese riefen ihnen kein Wort des Willkommens zu, sondern tuschelten nur hämisch hinter ihnen her, daß sie mit ihrer Faulheit wohl auch in der Fremde kein Glück gehabt hätten. Am meisten aber wunderte man sich über die seltsamen Geräte, die die Burschen auf ihren Schultern trugen.

Um so größer war die Freude der Eltern. Bis spät in die Nacht hinein saßen sie mit ihren Söhnen am Tisch und konnten nicht genug hören von all dem, was diese von ihrem Leben in der Fremde erzählten.

Die Burschen hatten sich den Wind vieler Länder um die Ohren wehen lassen und ihre Augen weit aufgesperrt. So hatten sie manches erfahren und manches gelernt. Aber schließlich hatten sie erkannt, daß man es wirklich nicht nötig habe, in die

Fremde zu gehen, und daß jeder, der ernstlich arbeiten wolle, eine Aufgabe überall finde – auch zu Hause. Mit dieser Erkenntnis aber sei das Heimweh über sie gekommen, und die Sehnsucht nach den Eltern habe sie zurückgeführt. Und nun legten sie dem Vater dar, was sie zu tun beabsichtigten, und der hörte ihnen glücklich zu und schüttelte nur manchmal vor Staunen den Kopf.

Am nächsten Morgen schon sah man die sieben Faulen mit Hacken und Schaufeln zur Wiese ihres Vaters ziehn. Hier hoben sie Gräben aus, in denen das Grundwasser sich sammeln und zur Weser ablaufen konnte, und in kurzer Zeit war die sumpfige Wiese trockengelegt. Damit nicht genug, errichteten sie mit der Erde, die sie aus den Gräben herausgeschaufelt hatten, einen hohen Damm gegen die Weser. Und da das Grundstück an der anderen Seite durch Dünen geschützt war, konnte ihm in Zukunft der Strom durch seine Überschwemmungen nichts mehr anhaben.

So gedieh denn im nächsten Sommer auf der fetten schlammgedüngten Erde das schönste Gras, und es wuchs der herrlichste Klee so hoch und dick und duftend, wie man ihn in dieser Gegend noch nie gesehen hatte. Die Nachbarn aber blickten nur hämisch auf die Brüder und sagten: »Der alte Vater, ja, der war ein fleißiger Mann sein Leben lang. Er scheute sich nicht, ins Wasser zu steigen, selbst wenn es ihm bis über die Knie ging, und das Gras, das ihm gewachsen war, zum Trocknen auf die Düne zu schleppen. Seine Söhne aber, die sind zu faul dazu! Die haben die Gräben nur gezogen und den Damm nur gebaut, um ein bequemes Leben führen zu können!«

Als die Ernte geborgen war, machten sich die Brüder an eine weitere Arbeit. Sie bereiteten Kalk, schafften Holz herbei, brannten Ziegel – und es dauerte nicht lange, da stand neben der Hütte des Vaters ein schönes neues Haus, das unter seinem riesigen Dach nach Brauch und Gewohnheit des Landes alles vereinigte; denn neben Stuben und Kammern für die Menschen war zugleich Raum nicht nur für eine Ziege und ihr bißchen Heu, sondern auch noch für Kühe und Pferde und für sämtliches Gerät sowie für alle Vorräte, die Mensch und Tier im Winter brauchten. Und es dauerte auch gar nicht mehr lange, da machte der Älteste Hochzeit und hielt Einzug in das stattliche Haus.

»Nun seht einmal diese Faulheit«, sagten die Nachbarn, »sind zu bequem, sich einzuschränken und sich mit wenigem zu behelfen. Hausen wir nicht unter einem Dach mit allen unsern Kindern und Schwiegerkindern? Die aber müssen womöglich jeder ein Haus für sich haben.«

Die Nachbarn hatten richtig prophezeit. Denn im nächsten Jahr wurden noch weitere fünf Häuser gebaut, und nur der Jüngste blieb bei seinen Eltern wohnen. Aber auch deren alte Hütte wurde instandgesetzt und erweitert, so daß man sie kaum wiedererkannte.

Bald holten die sechs anderen Brüder sich ebenfalls Frauen in ihre schmucken Häuser, und sie feierten alle auf einmal Hochzeit, und der Jubel und die Musik drangen weit über den Strom und über Wiesen und Felder.

Die sieben Häuser standen in Reih und Glied nebeneinander inmitten gut gepflegter Obst- und Gemüsegärten. Und da jeder der sieben Brüder Gebälk und Türen in einer andern der sieben Regenbogenfarben angestrichen hatte, leuchteten sie schon von weitem aus dem Grünen wie bunt bemalte Ostereier. Die Gärten selbst aber erhielten als Einfassung dichte Dornenhecken.

»Nun seht einmal diese Faulen«, riefen die Nachbarn, »können die nicht im Winter aus dem Bett steigen wie wir, wenn die Hasen den Kohl anknabbern? Oder auf der Lauer liegen, um die Diebe zu verscheuchen? Nein, sie setzen Dornhecken, damit sie ruhig und bequem in ihren Stuben bleiben können.«

Nur eines wollte den »fleißigen« Nachbarn nicht in den Kopf: daß bei all dieser »Faulheit« der Brüder alles so prächtig gedieh, ja, daß sie selbst sich immer mehr von ihnen überflügelt sahen. Denn mit der Zeit vermehrte sich auch der Viehbestand der Brüder so sehr, daß er unter ihrem Dach keinen Platz mehr fand. Da bauten sie gegenüber von ihren Häusern noch Stallungen und Scheunen. Und so entstand eine Straße. Sie holten Feldsteine und pflasterten sie.

»Nein so etwas«, sagten die Nachbarn, nun sind auch ihre Frauen schon so von der Trägheit angesteckt, daß sie zu bequem sind, ihre und ihrer Männer Schuhe zu putzen. Darum machen sich die Faulen lieber die Mühe, diesen Steinweg anzulegen, den man auch bei schlechtestem Wetter leicht sauberhalten kann.«

Die Straße der Faulen war breit und schön, und zu beiden Seiten pflanzten sie Lindenbäume, die über die Dächer der Häuser hinauswuchsen.

»Nun sind sie gar noch zu faul, am Sonntag ins Olslebhauser Holz zu gehn, wie es hier seit undenklicher Zeit Brauch ist«, meinten die Nachbarn, sie müssen sich Laubengänge machen und sich Bäume vor die Türen setzen, um an den heißen Sommertagen Schatten und Kühlung zu haben.«

Viele Jahre lebten die Brüder in größter Eintracht beisammen, und obwohl sie nicht halb so geschäftig waren wie ihre fleißigen Nachbarn, brachten sie es doch zu großem Wohlstand, während sich jene auch weiter in ihrer Armut abplagen mußten.

Nein, die Faulen trugen ihr Heu nicht auf die Dünen zum Trocknen, sie legten sich nicht bei Nacht auf die Lauer, um die Hasen und die Diebe von ihrem Kohl fernzuhalten – nur wo es etwas gab, was ihre Faulheit noch unterstützte, da waren sie eifrig bei der Sache.

Das stärkste Stück aber leisteten sie sich auf ihre alten Tage. Da begannen sie vor ihren Häusern Brunnen zu graben.

Zwar waren der Vater und die Mutter inzwischen längst gestorben, aber es gab doch noch manchen Nachbarn, der oft genug gesehen hatte, wie jene beiden zur Weser hinuntergegangen waren und in ihren Eimern Wasser herangeschleppt hatten – und nun waren ihre Nachkommen so stolz und so träge, daß ihnen auch diese Arbeit zu schlecht und zu mühsam erschien.

Noch manches Jahr gaben die Brunnen den Brüdern gutes, reines Wasser – denn sie erreichten alle ein hohes Alter, aber schließlich mußte doch einer der sieben Faulen nach dem andern sein schönes Leben hinter sich lassen. Ihr Andenken jedoch hat sich erhalten. Zwar sind die Linden längst gefällt und die Gärten verschwunden, und auch die Häuser selbst stehen nicht mehr. Aber die Straße, die sie angelegt haben, heißt heute noch die »Faulenstraße«. Und wie sehr sie diesen Namen verdient, das beweist auch der Umstand, daß vor nicht allzu langer Zeit die Brunnen zugeschüttet worden sind. Denn die Bewohner der Faulenstraße waren sogar zu faul, mit den Eimern zum Brunnen zu gehen, und sie haben sich deshalb Wasserleitungen in ihre Häuser legen lassen.

Eemt Fräs

Das ist nun schon lange, lange her, da wohnte oben an der Wasserkante ein Riese, der hieß Eemt Fräs. Ihm gehörte das ganze Gebiet, das zwischen Oldenburg und den Niederlanden lag. Mut und Kraft hatte er genug, und wenn er auch nicht der Allerklügste war, eines stand fest: Er war ein wahrer Guthals.

Einmal kam ein schönes, stattliches Weib zu ihm. Das war Frau Emse. Sie erzählte ihm, daß sie schon eine weite Reise hinter sich habe und noch weiter wolle.

Frau Emse hatte viele Kinder – sie wußte selbst nicht wie viele –, und die wollte sie alle zu der Fürstin bringen, deren Reich hinter des Riesen Land begann: zu der allmächtigen Königin Nordsee. Und damit sie nun nicht einen großen Umweg machen mußte, bat sie den Riesen, mit ihren Kindern ihren Weg durch sein Land nehmen zu dürfen.

Als sie ihn mit ihren blitzenden Augen so liebenswürdig ansah und ihre langen silbernen Haare in der Sonne glitzern ließ, konnte und mochte Eemt Fräs ihr das nicht abschlagen. Und nun zog Frau Emse mit allen ihren Kinderchen, die vor Lust und Freude hüpften, durch sein Land. Nach kurzer Zeit kamen sie frühmorgens an die Stelle, wo das Reich der Königin Nordsee begann.

Ach, was sahen sie dort für Herrlichkeiten! Königin Nordsee legte gerade ihren Schleier ab, den ihr die Nacht an jedem Abend darüberlegen mußte, und setzte sich eine Krone von reinem Gold aufs Haar; die war mit wunderbar geschliffenen Steinen besetzt, so daß es aussah, als schössen daraus Flammen hervor. Und Königin Nordsee hatte wohl tausend Millionen Kinder; die spielten alle mit kleinen Fischen, und auf großen Fischen ritten sie herum. Viele saßen auf hübschen weißen Pferdchen, mit denen sie auf- und niedersprangen.

Frau Emse und ihre Kinder fingen laut an zu plätschern: Das war ihr Huldigungsgruß für die Königin. Die aber schob sich bloß ihre Krone höher auf den Kopf und sagte nichts weiter. Doch ließ sie es zu, daß die Fremden in ihr Reich kamen.

Frau Emses Kinder waren erst ein bißchen bange, als die Königskinder auf sie zu geritten kamen, und am liebsten wären sie wieder umgekehrt. Aber es dauerte nicht lange, da jauchzten und tummelten sie sich mit ihren neuen Freunden durch das Reich der Königin Nordsee.

Das ging nun eine ganze Weile so weiter. Und auch die neuen Kinder, die Frau Emse immer wieder zur Welt brachte, führte sie alle denselben Weg durch Eemt Fräsens Land. Und Königin Nordsee sagte nichts dagegen – hatte sie doch genügend Platz in ihrem großen Reich.

Aber einigen ihrer Untertanen war es gar nicht recht, daß so viele Fremde daherkamen und ihnen die Königskinder zum Spielen wegholten. Das waren die Butte. Und die guckten böse auf die Emsekinder und machten ganz schiefe Augen – aber die Emsekinder achteten nicht darauf. Da fingen die Buttfische an zu schimpfen, und sie schalten wie die Kesselflicker – aber auch das half ihnen wenig. Schließlich gingen sie zu den Schollen und zu den dicken Schellfischen, zu den Dorschen und zu den Kabeljauen, und es gelang ihnen, diese alle gegen Frau Emse und ihre Kinder aufzubringen. Und die Fische sagten untereinander: »Wir müssen der Königin Nordsee die Augen öffnen, daß sie erkennt, wie das fremde Gesindel uns aus unsern Rechten vertreibt und sich aufspielt, als ob es hierhergehöre.«

Und nun fingen sie an, auf die Königin Nordsee einzureden. Die wollte erst nicht darauf eingehen und gab ihnen keine Antwort. Aber sie lagen ihr Tag und Nacht in den Ohren und hörten nicht auf zu sticheln und zu hetzen, bis sie es endlich erreichten, daß die Königin ihren Widerstand aufgab.

»Was soll ich tun?« fragte sie die Fische.

»Krieg anfangen!« riefen alle miteinander.

Als das die Königskinder hörten, wollten sie zuerst nichts davon wissen. Aber die Fische wußten ihnen alles in so schönen Farben auszumalen, daß sie schließlich zustimmten.

Die Königin hatte einen guten Freund, das war der grimmige, rauhe Nordwind. Den gewann sie zu diesem Unternehmen. Die Nacht mußte ihren Schleier tief schwarz färben, und am Himmel wurden große Schiffe voll Wasser angefahren. Und dann ging es los!

Frau Emse und ihre Kinder schliefen süß und regten sich bloß ein wenig im Traum; auch Eemt Fräs lag in festem Schlafe. Da fing es mit einem Mal an zu heulen, und wie ein wildes Tier kam der Nordwind angesprungen. Vor ihm trabten der Königin Nordsee kleine weiße Pferde, und hinter ihm stampften die dicken schwarzen und graugrünen Rosse und stellten sich steil in die Höhe und fielen über Eemt Fräsens Land und über Frau Emse und ihre Kinder her. Und die Schiffe ließen ihr Wasser vom Himmel herniederbrausen, und all die Butte und Schollen und Schellfische und Dorsche und Kabeljaue zappelten und polterten dazwischen.

Frau Emse wußte erst gar nicht, was über sie hereinbrach. Sie sprang aber so schnell sie konnte aus dem Bett, und ihre Kinder schaukelten und wankten ratlos um sie herum. Dann trommelte sie Eemt Fräs aus dem Schlaf, der über seinem eigenen Schnarchen noch gar nichts gemerkt hatte von all dem Lärmen und Toben.

Es dauerte eine geraume Zeit, bis der Riese sich den Schlaf aus den Augen rieb und zur Besinnung kam. Aber da war schon Unheil genug angerichtet. Die Rosse tummelten sich wie toll auf seinem Lande herum und hatten große Teile davon zerstampft und zertrampelt, und ein riesiger Walfisch schlug mit seinem Schwanz auf die Emsekinder los und biß große Brocken aus dem schönen Land. Die Königskinder aber schauten zu und lachten sich schief und krumm über den Spaß.

Doch da war Eemt gänzlich wach geworden. Und er reckte sich hoch auf und prustete der Königin Nordsee ins Gesicht, daß alle die Königskinder sich nach rückwärts überschlugen und wild durcheinanderpurzelten. Und die kleinen weißen Pferdchen stolperten, und selbst die dicken schwarzen und grau-

grünen Rosse kamen ins Stürzen – Junge, Junge, wie ging das dort zu!

Als Frau Emse das sah, fing sie aus vollem Halse zu lachen an, und ihre Kinder lachten ebenfalls. Da drehte sich der rauhe Nordwind um und heulte nach rückwärts.

»So«, sagte Eemt Fräs, »das hätten wir fürs erste geschafft.«

Aber ach, sein schönes Land! Das hatte was abgekriegt! Wie lange würde es dauern, bis dort, wo es zerstampft und zertrampelt war, wieder Gras wuchs. Was aber das Wasser weggefressen hatte von seinem Land, das war für immer verloren.

Und der Riese brüllte vor Wut und Schmerz ein paar Meilen in den Wind, daß Königin Nordsee vor Schreck erzitterte und sogar ihre Krone aufzusetzen vergaß, obwohl die Nacht längst abgezogen war. Und die Königskinder weinten vor Schmerzen und fanden den Krieg schrecklich.

Da erkannte die Königin, was für einen schlechten Rat ihr die Fische gegeben hatten, und zur Strafe nahm sie ihnen die Sprache, damit sie nie wieder ein solches Unheil anrichten könnten – und seitdem sind sie stumm geblieben bis auf den heutigen Tag. Und dann schickte sie Abgesandte zu Eemt Fräs und bat um Frieden.

Mit einem Nein konnte der alte Guthals nicht antworten, aber er ließ sie geloben, niemals wieder einen Überfall zu wagen und Frau Emse und ihre Kinder für alle Zeiten in Ruhe zu lassen.

So wurde Frieden geschlossen, und es kam alles nach und nach wieder in Ordnung.

Der Ring des Wettermachers

Durch die Nordsee fuhr ein Schiff, das in Hamburg mit Waren aller Art beladen worden war – mit flandrischem Tuch und russischen Pelzen, mit chinesischer Seide und Gewürzen aus dem fernen Indien – und das nun dem norwegischen Hafen Bergen zusteuerte.

An Deck hantierte ein junger Bursche – Heinrich Waadt hieß er –, und da er der jüngste Matrose auf dem Schiff war, wurde er von den andern zu allen niedrigen Diensten ausgenützt. Sein Tagewerk dauerte vom frühen Morgen bis in die späte Nacht, und die Heuer war gering, die Kost mäßig. Deshalb war sein Herz verbittert, und gar oft hing er trüben Gedanken nach.

Plötzlich hörte er Stimmen, die ihn aus seinem düsteren Grübeln rissen, und er blickte auf und erkannte zwei alte Matrosen, die nur wenige Schritte von ihm entfernt an der Reling standen und sich, ohne ihn zu bemerken, laut unterhielten.

Das Schiff segelte längs der norwegischen Küste dahin, und das Land war so nahe, daß man mit bloßem Auge sogar viele Einzelheiten erkennen konnte. Da reckte der eine der Matrosen die Hand aus und rief: »Siehst du drüben auf der Klippe den schweren Anker liegen? Dort ist Arndt Alsens Grab!«

»Arndt Alsen?« – die Stimme des andern klang sonderbar erregt – »was weißt du von Arndt Alsen?«

»Ja, hast du ihn denn gekannt?«

»Wie sollte ich nicht? War doch zehn Jahre lang Steuermann auf seinem Schiff.

War das ein Schiff! Kein Sturm konnte ihm etwas anhaben! Bei keinem Wetter zog Arndt Alsen die Segel ein. Und so machte er auch die schnellsten Fahrten, die je einem Seemann gelungen sind auf den sieben Meeren.

Die Mannschaft freilich hielt es niemals lange bei ihm aus.

Sie sagten, er sei mit dem Bösen im Bunde – aber ich weiß nicht, ob etwas daran war. Sie sagten, er habe vom Teufel einen Ring bekommen, den er nur zu drehen brauche, um den Wind aus jeder gewünschten Richtung blasen zu lassen. Und sie sagten, dafür habe ihm der Teufel die Bedingung gestellt: Wenn er länger als drei Tage und drei Nächte an Land weile, solle er ihm verfallen sein!

Zunächst legte ich diesen Geschichten keine Bedeutung bei. Wird ja so viel Seemannsgarn gesponnen! Aber dann beobachtete ich, daß der Kapitän tatsächlich niemals länger in einem Hafen blieb als drei Tage. Denn einmal, als wir eine besonders große Ladung zu übernehmen hatten und damit am dritten Abend noch nicht fertig waren, da zwang er uns, die ganze Nacht hindurch zu arbeiten – und er segelte vor Sonnenaufgang davon, obwohl die letzten Kisten noch am Strande lagen.

Da wurde es mir doch unheimlich, und so heuerte ich nach der Reise ab.

Hab seither nichts wieder von ihm gehört, und auch nicht erfahren, wann und wo und wie er gestorben ist.

Aber es ist gewesen, wie sie alle sagten! Er stand im Bund mit dem Bösen, und er besaß den Ring! Schuld an seinem Tod aber war seine Frau.«

»Seine ... Frau? Aber er war doch gar nicht verheiratet!«

»Stimmt, vierzig Jahre war er alt – und war noch nicht verheiratet. Bis ein norwegisches Fischermädchen es ihm antat.

Er war wieder einmal für drei Tage an Land gegangen. Am ersten lernte er sie kennen. Am zweiten verlobte er sich mit ihr. Am dritten heirateten sie. Und sicherlich wollte er noch in der gleichen Nacht davonsegeln.

Aber wie er schlief, verdunkelte seine Frau die Fenster, und als er aufwachte und meinte, daß es draußen noch ganz finster sei, scherzte er noch ein wenig mit ihr. Dann stand er auf und ging zur Tür, doch als er sie öffnete, schien ihm die pralle Sonne ins Gesicht. Da schrie er auf und stürzte rücklings in die Stube – und als seine Frau sich über ihn beugte, war er tot.

Du kannst dir denken, wie trostlos die arme Frau war. Ich glaube, sie hatte eine furchtbare Angst, er werde keine Ruhe finden in seinem Grabe, und darum ließ sie ihn, damit er nicht wiederkäme, auf der einsamen Klippe bestatten und ihm den schweren Anker seines Schiffes auf den Grabhügel legen. Nach einem Jahr aber heiratete sie den reichen Fischer Karsten, denn sie war immer noch die schönste Frau weit und breit.«

»Und das Schiff? Was ist aus Arndt Alsens Schiff geworden?«

»Ja, das Schiff hätte Karsten wohl gerne verkauft, denn er selbst mochte nicht darauf fahren. Aber niemand wollte es ihm abnehmen. Da ließ er es im Königshafen bei Bergen auf den Strand setzen. Den Ring aber hat niemand gefunden!«

»Das kann ich mir denken! Es wußte ja keiner, wo man ihn suchen muß!«

»Weißt du es vielleicht?«

»Genau allerdings auch nicht. Aber ich vermute es. Arndt Alsen hatte wohl in der Kajütenwand ein geheimes Fach ...«

Das Gespräch verstummte, und die Matrosen entfernten sich.

Langsam erhob sich auch Heinrich Waadt aus seinem Winkel. Jedes der Worte hatte sich in sein Gedächtnis eingegraben.

Als sie in Bergen landeten, ging Heinrich Waadt heimlich vom Schiff. Er wußte, daß der Kapitän ihm keinen Landurlaub geben würde. Doch gelang es ihm, unbemerkt zu entkommen. Den wenigen Habseligkeiten, die er an Bord lassen mußte, trauerte er nicht nach.

Er mußte sich so lange versteckt halten, bis das Schiff seine Ladung gelöscht hatte und, mit neuen Schätzen gefüllt, den Heimweg nach Hamburg antrat. Dann, als er das Segel unter der Kimmung verschwinden sah, atmete er auf.

Nun schien es ihm ein leichtes, Arndt Alsens Fahrzeug zu finden und sich den Ring anzueignen – und dann, so meinte er, könne es ihm an nichts mehr fehlen. Denn den Bund mit dem Bösen, den wollte er nicht scheuen. Wenn das die einzige Bedingung sei, niemals länger als drei Tage an Land zu bleiben ...

Doch wie groß war seine Enttäuschung, als er überall nach dem Königshafen fragte und kein Mensch in Bergen wußte, wo er zu finden sei.

Verzweiflung ergriff ihn. Manchmal fand er für kurze Zeit Arbeit, meist aber keine.

Eines Abends ging er in eine Schenke, in der Burschen wie er ihre mühsam verdienten Groschen vertranken, um im Rausch das Elend ihres Daseins zu vergessen. Mißmutig saß er in einer Ecke, ein leeres Glas vor sich, und hatte den Kopf zwischen die Fäuste gestützt. Da tippte ihm jemand auf die Schulter. Er fuhr zusammen, blickte sich um, sah in ein altes, faltiges Gesicht – und erkannte den buckligen Musikanten, der sonntags zum Tanz aufspielte.

»Sieh einmal an«, sagte kopfschüttelnd der Alte. »Sitzt hier wie einer, dem alle Felle weggeschwommen sind. Seit wann läßt so ein junges Blut wie du die Nase hängen?«

»Du hast gut reden, Niels«, antwortete Heinrich. »Aber du kannst mir auch nicht helfen. Oder weißt du vielleicht, wo der Königshafen liegt?«

»Der Königshafen?« Der kleine Bucklige sah den Burschen erstaunt an. »Meinst du damit die Bucht, in der sich König Erich der Rote mit seinen Mannen verbarg, als ihm seine Feinde auf den Fersen waren? Die liegt versteckt an einem tiefen Fjord, und man nannte sie in meiner Jugend noch den Königshafen. Aber jetzt ist sie versandet – und König Erich vergessen.«

O wie schnell wurde Heinrich nüchtern, als er diese Worte hörte. Ganz genau mußte ihm der Alte beschreiben, wie man dahin gelangte, und gleich am nächsten Morgen machte er sich auf, und er fand den Fjord schon nach wenigen Stunden.

Es war ein wolkenverhangener Tag, das Meer lag dunkel und drohend zu seinen Füßen, und der Wind peitschte ihm den Regen ins Gesicht. Wie freute er sich, als er von weitem ein rotes Dach durch die Bäume schimmern sah. »Das muß Fischer Karstens Haus sein«, dachte er, und er schritt darauf zu.

Die Fischersleute nahmen ihn gastfreundlich auf und behielten ihn gern über Nacht, und als er am nächsten Morgen dem Fischer zur Hand ging und sich in allen Arbeiten geschickt zeigte, war von Fortgehen keine Rede. So konnte Heinrich unauffällig die Boote betrachten, die im Fjord vor Anker lagen; aber so sehr er auch seine Augen umherschweifen ließ, Arndt Alsens Schiff erblickte er nirgends.

Trotzdem gab er die Hoffnung nicht auf, und er blieb einen Tag um den andern, fuhr des Morgens mit dem Fischer zum Fang und scherzte des Abends mit seiner Tochter, der schönen Birgit. Und es dauerte nicht lange, da waren sich die beiden jungen Leute einig darüber, daß sie heiraten wollten.

Als es so weit gekommen war, wagte Heinrich auch die Frage nach Arndt Alsens Schiff. – »Was willst du mit dem alten Wrack?« fragte das Mädchen zurück. »Es liegt an einem unwegsamen Ort, vom Meer aus nicht mehr erreichbar, denn die kleine Bucht ist längst versandet – und auch von Land aus kaum zugänglich, denn der Felsen fällt steil ab, und der Weg hinab ist gefährlich.«

Heinrich freilich ließ nicht locker, bis sie ihn zu einer Stelle führte, von der aus man tief unten, zwischen Schilf und Gestrüpp fast verborgen, den schweren Leib des Schiffes erblicken konnte.

»Komm«, sagte Birgit voller Angst, »mit dem Wrack ist es nicht ganz richtig! Man sagt, ein böser Geist treibe darin sein Wesen, Man sagt auch, daß Arndt Alsen durch diesen Geist den Tod gefunden habe. Ich weiß nicht, was daran wahr ist, denn die Leute weichen meinen Fragen aus, und meine Mutter weinte sogar, als ich davon zu sprechen anfing.«

Da erzählte ihr Heinrich alles, was er von dem Ring und von Arndt Alsens Tod gehört hatte.

»Die arme Mutter«, sagte Birgit mit bewegter Stimme.

Und dann, nach einer Weile: »Du wirst das Schiff nicht betreten! Du wirst den Ring nicht holen! Versprichst du mir das?«

Heinrich nickte mit dem Kopf. »Morgen rede ich mit deinem Vater«, sagte er statt einer Antwort.

Aber dann kam alles anders, als die jungen Menschen es erhofft hatten. »Meine Tochter einem Hungerleider geben? Niemals!« schrie Karsten, als Heinrich sein Anliegen vorgebracht hatte. Und er setzte ihn auf die Straße. »Wenn du mit einem eigenen Schiff wiederkommst«, rief er ihm höhnisch nach, »kannst du noch einmal anfragen!«

Mit Verzweiflung im Herzen rannte Heinrich über Stock und Stein. Ohne Ziel. Wo er die Nacht über bleiben würde, war ihm gleichgültig. Erst als sein Fuß strauchelte, merkte er, daß er schon längst vom geebneten Weg abgekommen war, blieb stehen und sah sich um. Und als er erkannte, daß er sich an jener Stelle befand, die er Tags zuvor mit Birgit aufgesucht hatte, ging er an den Felsenhang und sah tief unter sich das alte Schiff liegen. »Der Ring!« zuckte es ihm durchs Herz.

Ohne sich noch einen Augenblick zu besinnen, begann er den Abstieg. Und er gelang! Bald stand er auf den Planken des Schiffes.

Seltsam. Obgleich das Schiff schon ein Vierteljahrhundert hier auf dem Strande lag, sah es doch aus, als ob es morgen in See stechen würde. Ungebrochen reckten sich die Masten in die Höhe, selbst von den Segeln fehlte keines, wenn sie auch schlaff hingen, und sogar das Tauwerk, so morsch es sein mochte, spannte sich von den Rahen. Man sah, daß niemand von dem Schiff auch nur das geringste entfernt hatte.

Die Treppenstufen knarrten unter Heinrichs Tritten, als er in die Kajüte niederstieg.

Drinnen roch es modrig und dumpf. Doch nahm sich der Bursche nicht die Zeit, ein Fenster aufzustoßen, sondern begann gleich die Wände abzuklopfen.

Da, endlich, eine Stelle, an der es hohl klang! Doch war nirgends zu erkennen, wie und wo ein verborgenes Türchen zu öffnen sei. So schlug er denn die Wand mit einer Eisenstange ein.

Er fand vergilbte Papiere. Fand ein Kistchen mit Talern und Dublonen. Und endlich, zuhinterst, ganz in der Ecke, den Ring.

Lange sah er ihn an. Er war aus Gold mit einem blutroten Stein. Wie gebannt starrte Heinrich darauf, und das Herz schlug ihm bis zum Halse.

Da nahm er all seinen Mut zusammen. »Nun komm!« rief er laut, »komm, du Geist des Ringes, und diene mir! Ich unterschreibe den Pakt!«

Da kreischte die Tür in den Angeln. Bebend sah Heinrich sich um. Vor ihm stand Birgit – rot bis unter die Stirn.

»Ich bin hinter dir her gelaufen«, sagte sie. »Fast hätte ich dich aus den Augen verloren! Aber dann sah ich dich auf dem Felsen stehn, sah dich plötzlich verschwinden und wußte, wo ich dich finden würde.« Und, nach einer Weile, da er sie sprachlos anstarrte: »Oder glaubst du, ich lasse mich einsperren? Glaubst du, ich lasse mir einen andern aufzwingen?«

Plötzlich fuhr ein Beben durch den Körper des alten Schiffes. Ein heftiger Wind erhob sich, der die Segel blähte, und es war, als würde das Fahrzeug von einer unsichtbaren Hand aufgehoben und über Sand und Schlamm ins tiefe Wasser gesetzt. »Wir fahren!« rief Birgit, zu Tode erschrocken.

»Ja, wir fahren!« ertönte da eine Stimme. »Auf diese Stunde habe ich schon lange gewartet! Wenn du willst, Heinrich Waadt, diene ich dir, wie ich Arndt Alsen gedient habe! Und du sollst der reichste Schiffer werden, der je über die Nordsee fuhr!«

»Bis du ihn verdirbst!« schrie Birgit auf, »wie du Arndt Alsen verdorben hast!« Und sie riß dem Burschen den Ring aus der Hand, raste die Treppe hinauf und schleuderte ihn weit hinaus ins Meer. Und die Flut schäumte hoch auf. Der Sturm heulte und zerriß von oben bis unten die Segel, und in das Fahrzeug drang durch alle Fugen das Wasser.

Doch zum Glück trieb eine Strömung das Schiff dem Strande zu. Und Heinrich führte das Steuer, und Birgit schöpfte Eimer um Eimer, und ehe die Wellen Herr über das Schiff geworden waren, gelang es den beiden, mit ihm das Ufer zu erreichen und es auf den Sand zu setzen.

Mit dem gefundenen Gelde ließ Heinrich das Schiff gründlich überholen, und bald konnte er eine Mannschaft anheuern, und seine erste Fahrt ging zu Fischer Karstens Haus.

Der staunte nicht wenig, als er in dem stattlichen Schiff, das am Ufer festmachte, Arndt Alsens Brigg erkannte. Doch mehr noch staunte er, als ihr Heinrich und Birgit entstiegen – Hand in Hand.

»Willigt Ihr nun ein in unsere Heirat, Vater?« fragte das Mädchen. »Die Bedingung ist erfüllt! Heinrich kommt mit seinem eigenen Schiff zu Euch gefahren!« – »Mit ... Arndt Alsens Schiff?« sagte der Fischer. »Mit einem Schiff, das der Böse regiert?«

»Nein, Vater, jetzt nicht mehr! Denn den Ring, in dem der Böse steckte, warf ich ins Meer.«

Die Mutter war hinzugetreten und zog die Tochter an sich. »Wie bang war mir um dich, mein Kind«, sagte sie leise. »Aber nun hast du den Fluch gelöst. Nun ... wird auch Arndt Alsen Ruhe finden in seinem Grab.«

Die Brigg Heinrich Waadts fuhr noch oft über See. Und wenn Heinrich auch nicht Zaubergewalt hatte über die Winde, so zwang er sie doch, sein

Schiff zu treiben, wohin er es wollte. Denn er war ein tüchtiger Schiffer, und er hatte ein Schiff, das es mit jedem Sturm aufnahm.

Oft bangte Birgit um ihn, wenn sie ihn draußen wußte, aber immer wieder tauchte das weiße Segel im Fjord auf und brachte ihr den Mann nach Hause.

Bis seine Söhne ihm das Steuer aus der Hand nahmen und er und Birgit ihr Leben in Frieden beschlossen.

Der Klabautermann

Martin Koch war ein armer Bursche, und er hätte besser getan, sich nicht ausgerechnet in die Tochter des reichsten Lotsen aus Blankenese zu verlieben. Aber Elsbeth war eben nicht nur die Reichste, sondern auch die Schönste weit und breit, und dabei gar nicht eingebildet und stolz, und wenn sie ihm begegnete, nickte sie ihm immer so freundlich zu, daß er kein Auge von ihr lassen konnte. Darum faßte er sich denn eines Tages ein Herz und klopfte an der Tür ihres Vaters an.

»Was willst du?« fragte der alte Lotse Viet unfreundlich, als der Bursche in seinen abgerissenen Kleidern vor ihm stand. »Mich anzubetteln hat keinen Zweck! Ich gebe keine Almosen, außer am Weihnachtsabend! Und jetzt ist Sommer.«

»Ich komme auch gar nicht, um zu betteln«, entgegnete Martin, der sich schnell gefaßt hatte, »sondern um Euch zu fragen, ob Ihr keine Arbeit für mich habt.« – »Das hört sich schon besser an«, antwortete der Lotse etwas freundlicher. »Gerade sind auf meinem Ewer zwei Mann ausgefallen. Du scheinst mir ein starker Kerl zu sein. Will sehn, ob ich dich brauchen kann.«

So lebte nun Martin Koch abwechselnd auf dem Lotsenschiff und im Hause des alten Viet, und der schönen Elsbeth schien das nur recht zu sein.

Und er war ein tüchtiger Bursche! Bald hatte er alles gelernt, was ein Lotse zur Ausübung seines Berufes braucht, und in den Gewässern, in denen er tätig war, kannte er jede Untiefe und jede Strömung.

Sein Meister lobte ihn, als er sah, wie anstellig er war, und wenn viele Schiffe zugleich an der Elbemündung erschienen, so daß Mangel an Lotsen war, ließ er ihn bald auch schon selbständig arbeiten.

Der alte Viet lebte nicht mehr lange, und als er gestorben war, heiratete Martin die schöne Elsbeth. Er hätte nun, am Ziel seiner Wünsche angelangt, glücklich sein können. Und doch war er es nicht, denn es wurmte ihn, daß das ganze Vermögen – Haus und Ewer und bares Geld – seiner Frau gehörte. Und wenn sie es ihn auch niemals fühlen ließ, denn sie war ebenso gütig, wie sie schön war, setzte er dennoch seinen Ehrgeiz darein, mindestens ebensoviel hinzuzuerwerben, wie sie ihm in die Ehe eingebracht hatte.

Darum legte er ihr Geld in mancherlei gewagten Unternehmungen an, hatte damit aber kein Glück. Denn statt daß es sich vermehrt hätte, wurde es durch allerlei Fehlschläge weniger. Darüber wurde er immer verdrießlicher und mißmutiger und machte den Seinen das Leben schwer.

Die arme Frau mußte deshalb viel ausstehen, und sie hatte auch kein langes Leben, denn sie starb schon nach sieben Jahren an der Geburt ihres fünften Kindes und ließ Martin mit vier kleinen Söhnen allein.

Nun freilich hätte der Vater alles aufwenden müssen, um seinen Kindern das Vermögen zu erhalten.

Er tat es aber nicht – im Gegenteil, er verbrauchte mehr, als er als Lotse verdiente, und noch ehe die Söhne mündig wurden, war ihm auch der letzte Rest des Geldes unter den Fingern zerronnen.

Als der Tag herangekommen war, an dem er seinen Söhnen Rechenschaft ablegen mußte, sparten sie nicht mit Vorwürfen, und auch Martin Koch bereute, was er getan hatte. Darum dachte er Tag und Nacht darüber nach, wie er ihnen das verschleuderte Vermögen wieder beschaffen könnte.

Ein tüchtiger Lotse war er – das stand fest. Und auf seinem Ewer hatte er auch immer Glück. Denn ein Klabautermann trieb dort seit den Tagen des alten Viet sein Wesen. Stets war das Deck sauber gewaschen, stets das Fahrzeug geteert und kalfatert, und wenn sich der Kleine auch nicht sehen ließ, so paßte er doch auf, daß der Wind nicht die Segel zerfetzte und die Masten zerbrach und daß das Schiff niemals auf Grund geriet. So konnte sich Martin selbst bei gefährlichstem Wetter hinauswagen und hatte schon manches Fahrzeug vor dem sicheren Untergang bewahrt.

Darum war er einer der gesuchtesten Lotsen, und als gar seine Söhne kräftig genug waren, ihm an die Hand zu gehen, hätte er von seinem Verdienst manchen Batzen ersparen können, wenn er nur bescheidener gelebt hätte. Dazu aber konnte er sich nicht überwinden.

Eines Abends lag Martins Ewer auf der Cuxhavener Reede, um am nächsten Morgen in See zu gehen und einige Schiffe in Empfang zu nehmen, die schon seit längerem erwartet wurden.

Die Söhne waren in ihre Kojen schlafen gegangen, Martin aber hatte die Wache übernommen und schritt an Deck seines Schiffes auf und ab, und seine Gedanken kreisten unablässig nur um den einen Punkt: wie er zu Geld kommen könnte – zu recht viel Geld!

Da hörte er plötzlich vorn am Ewer ein verdächtiges Geräusch. Erschrocken eilte er dorthin, blieb aber schon auf halbem Wege stehen, denn er sah, daß sich bei der Ankerwinde etwas bewegte. Es war eine kleine Gestalt, wie aus schwärzlichem Nebel geformt und kaum über einen Fuß groß, und sie hatte eine solche Gelenkigkeit in den Gliedern, daß sie keinen Augenblick stillstand, sondern unablässig hin und her hüpfte.

Dem Mann wurde seltsam zumute, als er das geisterhafte Wesen erblickte. Dennoch faßte er sich ein Herz und fragte: »Wer bist du?«

»Ich bin der Klabautermann«, antwortete der Kleine. »Und ich möchte dich warnen. Der Böse hat deine Seele mit einem dicken Tau geentert. Kappe es – rette dich, eh es zu spät ist.«

Bei den letzten Worten verschwand die Gestalt vor Martins Augen, und als er an die Stelle trat, wo der Klabautermann gestanden hatte, war das Deck leer, und nur die Wellen des Meeres schlugen glucksend an den Bug seines Schiffes.

Aufgewühlt bis in die tiefste Seele stand der Mann an Deck seines Schiffes auf Wacht, sah die Sterne über sich kreisen, sah sie verblassen und konnte keine Ruhe finden. Und da erblickte er im Schein des ersten Morgenlichts ein Schiff, das sich nur noch mit Mühe über Wasser hielt. Es hatte starken Seeschaden und war weit aus dem Fahrwasser abgedrängt worden.

Schnell weckte Martin die Söhne, die sich wunderten, daß schon Tag war und der Vater sich in der Wache nicht hatte ablösen lassen. Sie refften die Segel und kreuzten gegen das Schiff auf, das in Luv des Ewers lag. Es war ein Dreimaster, der die dänische Flagge zeigte.

Der Kapitän war hoch erfreut, als er des Lotsen ansichtig wurde, und Martin Koch betrat das dänische Schiff, während seine Söhne auf dem Ewer blieben. Er hatte ihnen aber Anweisung gegeben, sich stets in der Nähe des Dreimasters zu halten.

Es gelang dem Lotsen, das Schiff bis zum Abend an eine ungefährliche Stelle zu bringen. Aber die Nacht stand bevor, und der Wind nahm zu, so daß er dem Kapitän riet, alle notwendigen Vorkehrungen zu treffen, damit im Falle weiteren Unheils das wertvollste Gut schnell gerettet werden könne. Denn bei dem starken Schaden, den das Schiff schon erlitten hatte, müsse man mit dem Schlimmsten rechnen.

Da sagte der Kapitän, daß er von St. Croix nach Kopenhagen unterwegs sei und außer einer Ladung an Zucker und Kaffee auch noch hunderttausend spanische Taler in Gold mit an Bord habe. Er holte darum drei große lederne Geldkatzen, schnallte die eine sich selbst um den Leib, die zweite seinem Sohn, die dritte aber drängte er dem Lotsen auf, trotz dessen fast verzweifelter Weigerung, sie zu übernehmen.

Kaum aber fühlte Martin das Gold mit schwerem Gewicht an seinem Leibe hängen, als er auch schon wußte, daß er ihm verfallen war.

Beim Dunkelwerden setzte die Ebbe ein, und der Wind aus Südost wurde immer heftiger. Martin, der das Steuer führte, hätte mit allen Mitteln der abziehenden Strömung Widerstand leisten müssen, und er hätte trachten müssen, einen Ankerplatz zu finden – und doch ließ er das Schiff weiter und weiter in die hochgehende See hinaustreiben.

Die Nacht wurde immer finsterer. Und plötzlich warfen die Wellen Grundsand aufs Deck.

»Brandung in Lee!« rief die Stimme eines Matrosen vom Bug, da stürzte der Sohn des Kapitäns herbei. »Brandung auch in Luv!« schrie er verstört und zitterte am ganzen Körper. Und schon lief das Schiff mit solcher Gewalt auf eine Sandbank auf, daß der Kiel zerbarst, die Grundplanken auseinanderfielen und von allen Seiten zugleich das Wasser ins Schiff drang.

Als der Kapitän sah, daß sein Fahrzeug verloren war, sprang er mit seinem Sohn und neun seiner Matrosen ins Rettungsboot. Der Lotse und die drei letzten Mann der Besatzung, die keinen Platz mehr darin gefunden hatten, blieben zurück. Doch die Söhne des Lotsen erspähten vom Ewer aus das hilflos treibende Wrack, und es gelang ihnen, die vier Menschenleben zu retten, während das Boot mit den elf Mann unterging.

Als Martin Koch mit seinen Söhnen wieder in seinem Hause saß, sprach er kein Wort über das, was er getan hatte, sondern schüttete stumm vor den Staunenden das Gold auf den Tisch. Und mit einemmal konnten sich die Söhne das seltsame Gebaren des Vaters erklären, dem sie in der Nacht verwundert gefolgt waren. Deshalb also war er vom richtigen Kurs abgewichen.

Ein böses Feuer kam in ihre Augen. So also war das. Es gab Möglichkeiten, in einer einzigen Nacht ein Vermögen zu erwerben, wie man es bei ehrlicher Arbeit in einem ganzen Leben nicht ersparen konnte.

Nicht lange dauerte es, bis sie wieder einmal bei Sturm auf ihrem starken Ewer hinausfuhren und gleich zwei Schiffe in Seenot erblickten: ein dänisches und ein amerikanisches.

»Ich nehme den Dänen«, sagte der Lotse, erfreut über den doppelten Fang, zu seinem ältesten Sohn, »und du den Amerikaner. Die andern bleiben auf dem Ewer und behalten beide Schiffe im Auge.«

Im selben Augenblick löste sich eine schwärzliche Nebelgestalt vom Bug des Schiffes.

»Martin Koch«, rief eine feine und doch durchdringende Stimme, »ich verlasse dein Schiff!«

»Was war das?« fragte der älteste der Söhne betreten und sah den Vater an, der plötzlich blaß geworden war bis in die Lippen. Doch der Lotse faßte sich.

»Nichts«, rief er laut in den Sturm hinein »nichts, was uns schrecken kann!«

Die Schaluppe eines Helgoländer Lotsen tauchte vor ihnen auf und näherte sich in voller Fahrt der dänischen Barke. »Nehmt die Reffe aus den Segeln, Jungs!« rief Martin, denn er wollte unter allen Umständen dem andern zuvorkommen. Doch da rollte eine haushohe Welle auf den eben wendenden, gerade seitwärts liegenden Ewer zu, so daß dessen Segel Wasser schöpften, und die Wogen rissen ihn mit sich in die Tiefe.

Sturmvögel

Schroff und steil ragt ein mächtiger Felsen aus den Wellen der Nordsee. Er wird nach den vielen Vögeln, die auf ihm nisten, die Vogelklippe genannt.

Einstmals jedoch hatten nicht nur Möwen und Seeschwalben ihre Heimat in dem wilden Gestein, sondern dort, wo der Felsen sich abplattete, floß durch ein schmales Tal ein Bach, und hier stand an windgeschützter Stelle eine Hütte. Sie war von einem Manne erbaut worden, der vor seinen Feinden an diese unwirtliche Stätte geflohen war. Hier lebte er mit seiner Frau, die ihm in die Einsamkeit gefolgt war, und sie hatten eine Tochter, die sie Cary nannten.

Lange Jahre wohnten die drei Menschen im Frieden ihres Tales, in das selbst die höchste Flut nicht zu dringen vermochte – nährten sich von den Fischen, die sie fingen, von den Vogeleiern, die sie in den Klippen fanden, von den Beeren, die in ihrem Tal wuchsen – und als sie sich mit vieler Mühe sogar einen Garten angelegt hatten, der ihnen Früchte trug, vermeinten sie fast reich zu sein.

Und so lange sie alle drei beisammen waren, waren sie glücklich. Als aber Cary, die Tochter, zwanzig Jahre alt wurde, verlor sie binnen kurzer Zeit Vater und Mutter.

Die Eltern hatten ihr immer wieder verboten, sich jemals auf der Höhe der Klippe zu zeigen, denn womöglich hätte man sie von einem vorübersegelnden Schiff aus bemerken können und auf diese Weise erkannt, daß das unwirtliche Eiland von Menschen bewohnt sei.

Doch nun, in ihrer Einsamkeit, zog eine ihr bisher unbekannte Sehnsucht sie hinauf auf den Felsen, und so stand sie dort stundenlang und schaute auf das weite Meer. Und wenn sich am Himmelsrand ein Segel zeigte, rief sie und winkte, winkte und rief. Doch Schiff auf Schiff glitt in weiter Ferne vorüber, ohne daß jemand auf die einsame Gestalt aufmerksam geworden wäre. Bis ihr das Schicksal eines Tages einen Gefährten zuführte.

Von einem der vorbeisegelnden Schiffe aus hatte ein Mann das Mädchen erspäht. Seine Augen waren schärfer als die der meisten Menschen, und auch sonst besaß er außergewöhnliche Kräfte, denn er war zauberkundig. Und so sah er dort, wo die andern nur die undeutlichen Umrisse der Felsen wahrnahmen, das Mädchen stehen und winken und erkannte ihre Schönheit, und er beschloß, sie aufzusuchen. Er wollte aber kein Aufsehen erregen, darum sprang er, als er sich unbeobachtet wußte, in die See, ließ sich von der Strömung der Klippe zutreiben und sich dann von einer starken Woge an Land setzen – dem erschrockenen Mädchen gerade vor die Füße.

Cary schrie auf und wollte davonlaufen, er aber faßte sie bei der Hand und lachte sie an. Und da er trotz seiner triefenden Kleider keine furchterregende Gestalt war und sie freundlich ansprach, verlor sie bald ihre Scheu und führte ihn in ihre Hütte.

Es konnte nicht ausbleiben, daß Cary den Fremden liebgewann. Und sie dachte, daß er immer bei ihr bleiben werde, und daß sie zusammen in dem Felsental leben würden bis an ihr Ende.

Auch Hjort, so hieß der Fremde, hatte nicht die Absicht, Cary je wieder zu verlassen, um so weniger, als sie ihm nach einiger Zeit eine Tochter schenkte, die sie Asla nannten. Und er lehrte Cary auch seine Künste: Wetter zu brauen, Sturm und Regen zu erzeugen und sich Wellen und Strömung und Brandung zu Diensten zu zwingen. Auch lernte sie bald, ohne Segel und Ruder ihres Vaters Boot zu steuern, wohin sie wollte, und oft fuhren sie zum Festland, und dort kaufte Hjort für seine junge Frau ein, was ihr Herz begehrte. Immer aber kehrten sie zu ihrem Felseneiland zurück.

Eines Tages nun machte er ihr ein Geschenk, über das sie sich ganz besonders freute: Er hatte in den Klippen einige Vögel gefangen und sie gezähmt – und er hatte sie abgerichtet, daß sie sprechen konnten.

Sie hatte viel Spaß an diesen schönen und klugen Tieren, die, wenn sie ihre Stimme hörten, jederzeit rasch herbeigeflogen kamen. Doch einmal, als sie wieder nach ihnen rief, blieben sie aus.

»Es ist ein Unwetter im Anzug«, sagte der Mann, »da habe ich sie ausgeschickt, die Schiffer zu warnen, damit sie beizeiten die Segel reffen und sich vor der Gefahr des Untergangs retten.«

Seit der Zeit flogen die Vögel vor jedem Sturm weit über das Meer, und manches Schiff, das sonst ein Raub der Wellen geworden wäre, entging so dem Verhängnis.

Darüber zürnte Ran, die Gemahlin des Meergottes Ekke Nekkepenn. Denn ihr gehörte die Beute, wenn die Schiffe zerschellten, und mit ihren Netzen fischte sie nach den Ertrunkenen und zog sie hinab auf den Grund des Meeres. Und weil sie sich gar nicht erklären konnte, weshalb – selbst bei ärgstem Unwetter – seit längerem jegliche Beute ausblieb, verließ sie ihren Wohnsitz in der Tiefe, schwamm hinauf zur Oberfläche der See und tauchte mit dem Kopf aus den Fluten, und da sah sie über ihrem Haupte die Vögel kreisen und hörte sie rufen: »Rettet euch – es kommt Sturm! Zieht die Rahen ein – es kommt Sturm!«

Rasch wie eine Windsbraut schnellte sie sich aus den Wellen empor, und es gelang ihr, einen der Vögel zu packen. »Wer hat dich die Menschen warnen gelehrt?« schrie sie außer sich vor Wut. »Wer hat dir beigebracht, daß du mich um das Meine bringst?« Und sie erfuhr alles, was sie wissen wollte.

Mit Gewalt konnte sie dem Zauberer nicht beikommen, das wußte sie. Deshalb gebrauchte sie eine List.

Sie selbst war zwar alt und häßlich, so daß sie nicht einmal mehr ihrem Manne gefiel. Aber sie hatte Töchter, die es mit den schönsten Menschenfrauen aufnehmen konnten. Und eine dieser Nixen schickte sie zu der Vogelklippe.

Eines Abends hörte Hjort einen wunderbaren Gesang vom Meere herauf dringen. Cary und Asla schliefen schon, und um sie nicht zu wecken, ging er leise aus der Hütte. Da sah er im Mondschein auf einem weit ins Meer hinausragenden Felsvorsprung eine zauberhaft schöne Meerjungfrau sitzen, die ihm zuwinkte. Als er aber die Klippe erklomm, sprang sie mit dem Rufe: »Komm mit!« in die Wellen.

Als Cary am Morgen aufwachte, lag ihr Mann nicht neben ihr. Rasch erhob sie sich, suchte ihn in der Hütte, suchte ihn im Tal, und weinend rief sie nach ihm. Doch nur das Echo hallte von den Felsen wider – von Hjort fehlte jede Spur. Und von den Vögeln erfuhr sie schließlich, er sei der Nixe gefolgt.

Da ergriff eine tiefe Bitterkeit von ihrem Herzen Besitz. Allen Männem schwor sie Feindschaft, ja, selbst die Sturmvögel sperrte sie in einen Käfig, damit sie keinen Schiffer mehr warnen könnten.

Auch zum Festland hinüber fuhr sie nicht mehr. Doch fiel es ihr nicht schwer, mit Hilfe der Zauberkünste, die sie gelernt hatte, alle Dinge heranzuschaffen, deren sie bedurfte, damit sie und ihr Kind keine Not litten.

So vergingen die Jahre, und Asla wuchs heran und wurde noch schöner als ihre Mutter gewesen war. Diese aber hatte die Bitterkeit vor der Zeit alt gemacht.

Damals beunruhigten die Wikinger alle Küsten der Nordsee. Sie segelten in ihren starken Drachenbooten bis nach England und Frankreich, fuhren, da ihre Schiffe nur geringen Tiefgang hatten, sogar weit in die Ströme und Flüsse hinauf und brandschatzten große Gebiete. Und mancher König zahlte ihnen Tribut, nur damit sein Land von ihren Verheerungen verschont bleibe. So auch Alfred, der König von England.

Eines Tages aber stellte er die Tributzahlungen ein.

Das ergrimmte Helgo, einen der Fürsten und Anführer der Wikinger, und er brachte eine Flotte zusammen, um nach England zu fahren und sich den Tribut mit Gewalt zu holen.

Als die vielen weißen Segel an der Felseninsel vorbeizogen, riefen die Sturmvögel: »Laß uns hinaus! Laß uns hinaus!«, und sie flogen gegen die Gitter des Käfigs. Aber Cary lächelte böse. Mochte der Sturm kommen, mochten die Schiffe zerschellen – was gingen sie die Männer und ihre Schiffe an?

Und der Sturm kam! Fegte von Nordost über das Wasser und trieb die kleinen Fahrzeuge wie Spielbälle vor sich her. Zerbrach ihre Masten, zerriß ihre Segel und warf die Wracks an die Klippen, daß sie zerbarsten.

Nur mit äußerster Anstrengung gelang es Helgo, auf einer Planke durch die Brandung hindurch die Klippe zu erreichen. Hier lag er am Strande, zu Tode erschöpft, und als er so weit wieder zu Kräften gekommen war, daß er den Felsen erklimmen konnte, vermochte er kein einziges seiner Schiffe zu erspähen und sah auch keinen der Männer noch mit den Wellen kämpfen. Da glaubte er, daß er allein gerettet sei und daß alle seine Gefährten in den Fluten ihr Grab gefunden hätten. Fast beneidete er sie, die nun bei Ran ihren Todesschlaf hielten. Denn was sollte aus ihm werden auf dieser öden Klippe? Hatte er eine andere Aussicht, als hier zu verschmachten?

Er schloß die Augen, um das trostlose Bild, das die schroffen Felsen ihm boten, nicht mehr zu sehen – doch als er sie wieder öffnete, beneidete er die

Toten nicht mehr. Denn ein Mädchenantlitz beugte sich über ihn, wie er nie ein schöneres gesehen hatte.

»Wer bist du?« fragte Asla, die den Schiffbrüchigen schon eine Weile betrachtet hatte. Konnte sie sich doch nicht erinnern, je eines anderen Menschen Gesicht erblickt zu haben als das ihrer Mutter.

Helgo gab der Fragenden gerne Antwort, und sie forderte ihn auf, mit ihr zu gehen, und führte ihn in ihre Hütte.

Mutter Cary machte eine abweisende, ja böse Miene, als sie die Tochter mit dem fremden Mann kommen sah. Am liebsten hätte sie Helgo gar nicht über die Schwelle gelassen und ihn erst recht nicht über Nacht behalten, sondern ihn gleich in ihrem Boot zum Festland gebracht. Doch als sie zur Bucht hinunterstieg, fand sie das Fahrzeug halb verfallen und völlig unbrauchbar. So blieb ihr nichts anderes übrig, als dem Eindringling Gastfreundschaft zu gewähren.

Und das, was sie befürchtete, trat auch nur zu bald ein. Die jungen Menschen fanden Gefallen aneinander, und nach wenigen Tagen schon überraschte die Mutter die beiden, wie sie sich küßten. Da fuhr Cary sie mit bösen Worten an. Doch Helgo ließ sie nicht aussprechen. »Ich liebe Eure Tochter«, sagte er, »und sie liebt mich. Was habt Ihr dagegen, wenn sie meine Frau wird?«

»Viel Leid und Unglück kommt uns Frauen von den Männern«, antwortete Cary ernst, wenn auch schon halb versöhnt. »Darum kann ich dir meine Tochter nur geben, wenn du einen heiligen Eid schwörst, dieses Eiland niemals zu verlassen, sondern bis ans Ende deines Lebens hier bei uns zu bleiben!«

Und Helgo schwor ohne Zaudern, denn die Liebe hatte ihn nachgiebig und blind gemacht.

Eine lange Zeit verging. Helgo zählte nicht die Tage und nicht die Wochen. Er war mit seiner schönen jungen Frau glücklich.

Eines frühen Morgens waren sie miteinander auf die höchste Spitze der Klippe gestiegen, um dem Sonnenaufgang zuzusehen. Es war eine windstille, sternklare Nacht gewesen, und spiegelglatt lag die unendliche Wasserfläche vor ihnen. Da sahen sie plötzlich im ersten Frühlicht über die Kimmung ein Segel aufsteigen.

Gar oft schon hatte Helgo so Hand in Hand mit Asla dem Erscheinen der Segel am Himmelsrand zugesehen. Manchmal waren die Schiffe näher heran gekommen, manchmal nur in großer Entfernung schweigend dahingezogen, und immer hatte er ihnen gelassen nachgeblickt, wenn sie nach einer Weile wieder entschwanden. Warum nur klopfte diesmal sein Herz plötzlich schneller? Warum erfaßte ihn eine quälende Sehnsucht?

Rasch suchte er Holz zusammen, schichtete es auf und zündete es an. »Was machst du da?« fragte Asla beunruhigt. Doch er gab ihr keine Antwort. Die Schiffer schienen das Feuerzeichen bemerkt zu haben, denn sie änderten plötzlich die Richtung und steuerten geradeswegs auf die Insel zu. Und da die See ruhig war, gelang es ihnen, in der kleinen, von Felsen eingeschlossenen Bucht vor Anker zu gehen.

Als die Männer aus dem Schiff an den Strand sprangen, schrie Helgo laut auf vor Freude und rief sie alle bei Namen. Denn er erkannte seine beiden liebsten Gefährten, Nös und Ourdal, die er schon tot geglaubt hatte. Sie hatten sich jedoch in der furchtbaren Sturmnacht gleichfalls retten können. Und auch sie trauten kaum ihren Augen. Hatten sie doch gemeint, daß Helgo längst am Grunde des Meeres seinen Todesschlaf halte.

Nun war des Fragens und Erzählens kein Ende.

»Seit wir dich verloren haben«, berichteten Nös und Ourdal, »sind unsere Feinde immer trotziger und mächtiger geworden. Nicht nur, daß König Alfred von England uns den Tribut verweigert, er wagt sogar, unsere eigenen Küsten zu bedrohen! Aber nun soll ihm das übel bekommen! Denn wenn du uns wieder anführst, werden wir ihm einen Empfang bereiten, daß ihm Hören und Sehen vergeht!«

»Ich kann aber nicht mit euch kommen, Freunde«, entgegnete Helgo. »Seht, dies ist Asla, meine Frau, und ich habe gelobt, sie niemals zu verlassen.«

Die Männer betrachteten Asla und schwiegen betreten. Endlich fand Nös das Wort wieder. »Warum denn mußt du sie verlassen, Helgo, wenn du zu uns zurückkehrst? Nimm sie mit! Wir werden sie – als deine Frau – achten und ehren, wenn sie auch keine Fürstentochter ist.«

Doch statt Helgo antwortete Asla: »Das ist unmöglich! Denn er schwur meiner Mutter einen schweren Eid, bis ans Ende seines Lebens bei uns auf dieser Insel zu bleiben.«

»So ist es!« setzte Helgo hinzu.

Während sie miteinander sprachen, hatten die Männer nicht bemerkt, daß in der Ferne viele Segel aufgetaucht waren. Nun aber blickte Ourdal aufs Meer hinaus, und als er sie sah, rief er in bitterem Ton: »Siehst du, dort kommt er schon, Alfred von England, den nur unsere eigene Schwäche so kühn gemacht hat, daß er sich bis zu unsern Küsten vorwagt. Empfange ihn also untertänig hier auf deiner Insel! Öffne ihm gastfrei Tür und Tor! Krümme den Rücken vor ihm als vor deinem Herrn!«

Und grußlos wandten sich die Freunde von ihm ab, gingen zum Schiff und lichteten die Anker.

Ourdals Worte hatten aber Helgo in tiefster Seele getroffen. Alles um ihn war vergessen: die Frau, der Schwur, das Glück. Nur die Schmach brannte in ihm. »Wartet, ich komme!« rief er, stieß Asla, die sich an ihn klammerte, zurück und sprang mit einem mächtigen Satz vom Felsen in das sich eben vom Lande lösende Schiff.

Als Asla in die Hütte trat, sah ihr Cary sofort an, daß etwas Entsetzliches vorgefallen sein müsse. Aber die junge Frau sank nur stumm auf einen Sitz, barg den Kopf in die Hände und sprach kein Wort.

»Wo ist Helgo?« fragte endlich die Mutter.

»Fort!« erwiderte Asla dumpf.

Da stieg die alte Cary auf die höchste Klippe und sah dem Schiffe nach, das sich immer weiter von der Insel entfernte, bis es langsam aus ihren Augen entschwand.

Und eine tiefe Erregung bemächtigte sich ihrer. Halblaute Worte murmelnd, ging sie in ihre Hütte zurück und sperrte sich in ihrer Kammer ein.

Asla hatte eine Zeitlang wie leblos dagesessen und vor sich hin gebrütet. Da wurde sie plötzlich aufgeschreckt von den Stimmen der im Käfig hin und her flatternden Vögel: »Laß uns hinaus! Laß uns hinaus!«

»Wie denn?« dachte sie. »Eben noch ist der Himmel ganz klar gewesen – woher sollte da mit einem Male der Sturm kommen, den die Vögel vorausfühlen?«

Sie suchte nach der Mutter und wollte in ihre Kammer treten, fand aber die Tür verschlossen. Da stieg eine furchtbare Ahnung in ihrem Herzen auf: Dort drinnen braute die Mutter ein Wetter zusammen, das ihrem Gatten den Untergang bringen sollte!

Kurz entschlossen ging sie zum Käfig, und mit dem Ruf: »Fliegt! Warnt ihn!« öffnete sie das Gitter.

Da trat die Mutter in die Stube. »Was machst du da?« schrie sie auf vor Wut, und sie versuchte die Vögel wieder einzufangen. Doch gelang es ihr nicht mehr, denn mit Windeseile waren sie durchs offene Fenster hinausgeflogen und schwebten schon über dem immer unruhiger werdenden Wasser.

»Ich liebe meinen Mann!« rief Asla. »Ob er bei mir ist, oder ob er mich verläßt – ich liebe ihn! Halte den Sturm zurück, Mutter, um meinetwillen soll keiner sterben!« – »Das kann ich nicht mehr«, antwortete die Alte mit harter Stimme.

Und ein Wetter brach aus, daß man meinte, die Welt ginge unter. Aber von den Vögeln gewarnt, hatten die Schiffer beizeiten die Segel eingezogen, so daß sie den Sturm überstanden.

Als Helgo jedoch bald darauf die Schlacht gegen seine Feinde begann, traf ihn ein schwerer Bolzen so heftig vor die Brust, daß er wie betäubt rücklings in die See stürzte und ertrank.

Auch die beiden Frauen auf der Vogelklippe lebten nicht mehr lange, und nach ihrem Tode verfiel die Hütte. Seither hat sich kein Mensch mehr auf dem einsamen Eiland niedergelassen. Nur die Sturmvögel nisten noch immer in den Felsen und kreuzen über die Meere – treue Warner den Schiffern bis auf den heutigen Tag.

Der Meermann Ekke Nekkepenn

Ein Schiffer aus Rantum auf Sylt hatte eine schöne junge Frau. Da er sie sehr liebte, brachte er es nicht übers Herz, sich von ihr zu trennen, und so nahm er sie auf alle seine Fahrten mit.

Einst segelte er als Kapitän eines großen Schiffes nach England. Anfangs hatten sie günstigen Wind, aber als sie die Hälfte des Weges hinter sich gebracht hatten, gerieten sie in einen heftigen Sturm. Verzweifelt kämpfte die Mannschaft mit den Wogen, und alle fürchteten schon den Untergang. Da sah ein Matrose, der auf dem Deck stand, plötzlich den Kopf eines riesigen Mannes aus den Fluten auftauchen.

Entsetzt lief der Matrose zum Kapitän, und dieser kam und fragte den Unhold, wer er sei und was er wolle. »Ich bin Ekke Nekkepenn, der Meermann«, erhielt er zur Antwort, »und ich komme, deine Frau zu bitten, daß sie meinem Weib in Kindesnöten beisteht.«

Der Kapitän wurde bleich vor Schrecken. Er sah seine Frau schon verloren. Daher machte er allerhand Ausflüchte, aber der Meermann antwortete: »Wenn du nicht willst, daß mein Weib die See noch mehr in Aufruhr bringt und daß dein Schiff untergeht mit allem, was darauf lebt, so erfülle meine Bitte und gib mir deine Frau zur Hilfe mit!«

Unterdessen war auch die Frau des Kapitäns auf Deck gekommen, und sie stand hinter ihm und hatte die letzten Worte gehört. Und da sie wie die meisten Sylterinnen beherzt und mutig war, trat sie vor und sagte zu dem Meermann: »An mir soll es nicht liegen! Wenn ich das Schiff retten kann, bin ich gern bereit, dir zu folgen.« Und ehe der Kapitän sie daran hindern konnte, sprang sie ins Meer, und im selben Augenblick legte sich auch schon der Sturm und glätteten sich die Wogen, so daß das Schiff außer Gefahr war.

Der Kapitän freilich war in großer Sorge. Deshalb ließ er die des Sturmes wegen eingezogenen Segel nicht wieder hissen, sondern er gab im Gegenteil Befehl, den Treibanker auszuwerfen, um so das Schiff der Stelle möglichst nahe zu halten, an der seine Frau mit dem Meermann verschwunden war. Und es dauerte auch gar nicht lange, da hörte er aus der Tiefe den alten friesischen Wiegengesang: »Heia, heia, hei«. Da war er froh und dachte, nun sei das Kind geboren, und seine Frau werde bald wieder bei ihm sein.

Und so war es auch. Das Meerweib hatte ein Kleines bekommen, das zwar aussah wie ein Meerkalb, den Vater aber so beglückte, daß er der Schiffersfrau die Schürze mit Gold und Silber und Perlen füllte. So kam sie zu ihrem Mann zurück, und sie war nicht einmal ein bißchen naß geworden.

Von der Zeit an hatte der Schiffer immer guten Wind und Glück auf jeder Fahrt. Trotzdem nahm er seine Frau nie wieder mit auf See, sondern er ließ sie zu Hause. Und es vergingen viele Jahre, ohne daß man von dem Meermann jemals wieder etwas gehört oder gesehen hätte.

Und doch hatte dieser die hübsche Frau des Rantumer Fischers nicht vergessen. Und als sein Weib immer älter und häßlicher wurde, wuchs sein Verlangen nach der schönen Menschenfrau immer mehr. Denn daß auch sie sich unterdessen verändert haben mußte, kam ihm nicht in den Sinn.

Eines Tages nun sah er das Schiff des Rantumers wieder übers Meer fahren, und da dachte er: »Ich werde einen Sturm erregen, in dem er umkommen soll, dann kann ich seine Witwe heiraten.«

Er ging daher zu seinem Weib, das am Meeresgrund saß, und sagte: »Ich will heute auf Heringsfang ausziehn. Mahle du unterdessen das Salz, das wir zur Heringslauge brauchen.«

Da setzte das Meerweib ihre riesige Handmühle in Bewegung und erzeugte damit einen solchen Mahlstrom, einen solchen Wirbel, daß das Schiff des Rantumers davon in die Tiefe gerissen wurde.

Unterdessen schwamm der Meermann nach Sylt. Hier ging er am Strande spazieren und sah sich nach der schönen Frau um. Er hatte aber die Gestalt eines Sylter Schiffers angenommen, so daß niemand vermuten konnte, wer er in Wirklichkeit war.

Er brauchte auch nicht lange zu warten, da kam ein Mädchen gegangen, und als er sie sah, wurde er sehr froh, weil er meinte, in ihr die Gesuchte wiedergefunden zu haben. Denn daß es nicht des Schiffers Frau war, sondern die der Mutter sehr ähnliche Tochter, merkte er nicht. Und er machte sich an das schöne Mädchen heran und gab ihr viele gute Worte und schenkte ihr schließlich einen Ring und eine Kette aus Gold.

Der Schifferstochter gefielen die funkelnden Schmuckstücke über alle Maßen, und sie legte sie gleich an, denn sie war nicht weniger eitel als die meisten Mädchen ihres Alters. Da rief der Meermann frohlockend: »Nun hab ich dich gebunden, nun bist du meine Braut!« Heftig erschrocken über diese Worte, wollte sie ihm Ring und Kette sogleich zurückgeben – aber sieh da, sie brachte den Ring nicht vom Finger, und auch der Verschluß der Kette ließ sich nicht öffnen. Der Meermann aber küßte die Widerstrebende und sagte:

»Mag dich sehr, muß dich haben. Magst du mich, sollst mich nehmen. Willst du nicht, kriegst mich doch. Mittwoch soll die Hochzeit sein. Doch kannst sagen, wie ich heiß, bist du frei und meiner los.«

Als das Mädchen das hörte, wurde es wieder froh. Denn sie dachte, es werde ihr gewiß nicht schwerfallen, seinen Namen herauszufinden und sich damit des Unheimlichen zu entledigen. Er aber ließ sie nicht eher aus seinen Armen, als bis sie ihm versprach, in drei Tagen an dieselbe Stelle zu kommen.

Nun ging das Mädchen auf der Insel von einem Dorf zum andern, um zu fragen, ob jemand den fremden Schiffer kenne und wisse, wie er heiße. Aber so vielen sie ihn auch beschrieb, es konnte ihr doch niemand die geringste Auskunft über ihn geben.

Traurig und niedergeschlagen machte sie sich am Abend auf den Heimweg. Da drang plötzlich ein Singen an ihr Ohr, das aus dem Innern einer hohen

Düne zu kommen schien, und sie blieb stehen und lauschte und hörte deutlich ihres Freiers Stimme:

»Heute will ich brauen, morgen will ich backen, übermorgen will ich Hochzeit machen. Niemand weiß, wie ich mich nenn. Ich bin ... Ekke Nekkepenn.«

Als das Mädchen dieses Lied hörte, wurde sie von Herzen froh, eilte nach Hause und sah nun der nochmaligen Begegnung mit dem Fremden ohne Furcht entgegen.

Am Abend des dritten Tages ging sie also wieder hinaus in die Dünen, wie sie es ihrem Freier hatte versprechen müssen, und er ließ auch nicht lange auf sich warten. Als sie ihn aber kommen sah, rief sie ihm schon von weitem zu: »Du heißt ... Ekke Nekkepenn, und ich bleibe Inge von Rantum.« Und sie lief nach Hause, so schnell ihre Füße sie trugen, und behielt sogar Ring und Kette, denn er hatte keine Gewalt mehr über sie.

Seit der Zeit aber ist der Meermann den Rantumern gram, und er schädigt sie, wo und wie er kann. Er zerstört durch Sand und Flut ihre Häuser und jagt auf See ihre Schiffe und hat schon viele von ihnen auf den Grund des Meeres gezogen, wo sein altes Weib die Schiffer in ihren Netzen fängt und sie nicht wieder freiläßt.

Ekke Nekkepenn und die Zwerge

Ekke Nekkepenn war sehr ergrimmt darüber, daß ihm die schöne Inge von Rantum so übel mitgespielt hatte. Ins Meer zurückgehen mochte er nicht, denn er hatte Angst, die böse Ran, seine alte eifersüchtige Gemahlin, könne erfahren haben, in was für ein Abenteuer er sich gestürzt hatte. Und auf den Empfang, den sie ihm dann bereiten würde, war er nicht neugierig. Von den Menschen hatte er ebenfalls genug. Darum machte er sich auf und ging von Rantum die Küste entlang immer nordwärts, bis er zu dem kleinen Volke kam, das im Heideland im Norden von Sylt hauste.

Diese kleinen Leute waren die ursprünglichen Bewohner der Insel gewesen. Als aber die Friesen auf ihrem Schiffe Mannigfuald an den Küsten der Nordsee gelandet waren, hatten sie auch von Sylt Besitz ergriffen und die Kleinen aus ihren Wohnungen verjagt. Und die Vertriebenen hatten sich Unterschlupf gesucht in den Höhlen und im Gebüsch der Heide, wo man sie in Ruhe ließ, da dieser Landstrich so unfruchtbar war, daß sich die Friesen da nicht ansiedeln mochten. Dort nährten sich die kleinen Leute kümmerlich von Beeren und Miesmuscheln, fingen auch wohl Fische und Vögel und sammelten Eier. Sie hatten steinerne Äxte, Messer und Streithämmer, die sie sich schliffen, und sie verstanden es auch, Töpfe aus Ton herzustellen. Und obgleich sie ihr Dasein recht armselig fristeten, waren sie doch allezeit fröhlich und sangen und tanzten bis spät in die Nacht hinein.

Von den Friesen wurden sie »Ondereersken« genannt, das heißt »Unterirdische«, weil sie ihre Wohnungen in Höhlen hatten. Sie sprachen auch eine eigene Sprache – nahmen aber mit der Zeit manche Wörter von ihren neuen Nachbarn an.

Zu diesen Leutchen also gesellte sich Ekke Nekkepenn. Er konnte ja seine Gestalt beliebig ändern, und so war es ihm ein leichtes, sich unter sie zu mischen. Er fand auch eine Höhle auf dem Roten Kliff, die noch unbewohnt war, siedelte sich da an und freite um ein schönes junges Zwergenfräulein. Dieses aber hatte schon einen Schatz, und deshalb fertigte es den unliebsamen Freier schnippisch ab und sang ihm obendrein ein Spottlied:

»Einen mag ich, der ist mein,
Akel Dakel Dummeldein.
Ekke Nekke, scher dich fort,
Penn an einem andern Ort!
Willst du einen Schatz,
Freie Bundis' Katz!«

Als Ekke das hörte, wurde er fuchsteufelswild. Er kehrte ihr sofort den Rücken und wollte auch nicht mehr in ihrer Nähe wohnen bleiben, sondern wanderte ostwärts, um sich auf dem Weißen Kliff eine Wohnung zu suchen. Und als er unterwegs an dem Hügel vorbeikam, in dem der Zwergenkönig Finn wohnte, kehrte er bei ihm ein.

Finn hatte selber vor kurzem erst Hochzeit gemacht, und zwar mit einer Friesin. Denn eines Tages war er über die Heide gewandert, fast bis nach Braderup, und war auf seinem Wege zwei jungen Mädchen begegnet. Und da hatte er im Vorübergehen gehört, wie die eine zur andern sagte: »Ach, hätten wir es doch auch so gut wie die Ondereersken! Die singen und tanzen die ganze Nacht, und wir müssen von früh bis spät für unsere Herrschaft arbeiten!«

Am andern Morgen ging dasselbe Mädchen an Finns Hügel vorbei, und als er sie kommen sah, lief er hinaus und fragte: »Ist es auch wirklich wahr, was du da gestern gesagt hast?« – »Was ich sage, ist immer wahr«, entgegnete das Mädchen. – »Nun«, meinte Finn, und seine Augen leuchteten, »wenn du es so gut bekommen willst, wie wir es haben, so bleibe bei mir und sei meine Frau.«

Mit Freuden schlug das Mädchen ein, und noch am selben Abend machten sie Hochzeit. Alle Zwerge wurden eingeladen, und sie schmückten sich zum Fest und eilten herbei von der Norderheide und der Morsumer Heide und brachten ihre Geschenke mit: einer einen Napf voll Milch, ein anderer ein Schälchen mit Beeren, ein dritter eine Handvoll Muscheln, ein vierter ein Töpfchen mit wildem Honig, ein Fünfter eine Mausefalle, ein sechster ein Fischnetz, ein siebenter einen Besen, ein achter einen hölzernen Löffel, ein neunter einen Schleifstein, ein zehnter einen krummen Nagel, ein elfter einen Türschlüssel, ein zwölfter gar ein Bettlaken. Keiner kam mit leeren Händen, und Isa, die Braut, saß neben Finn, ihrem Bräutigam, nahm alle Geschenke entgegen und strahlte über das ganze Gesicht.

Und dann wurde aufgetischt, geschmaust und gezecht, daß es eine Art hatte. Die Gäste bekamen Heringsmilch und -rogen, geröstete Sandspierlinge, gesalzene Eier, Iltisbraten und Austern. Dazu gab es Heidelbeeren und Moosbeeren, soviel sie wollten, und auch Met in Hülle und Fülle.

König Finn saß auf seinem Thron, der aus einem steinernen Block ausgehauen war wie ein Sessel. Er trug einen Umhang aus weißen Mäusefellen, und auf dem Haupt saß ihm eine Krone von Diamanten – so groß wie Seeigel.

Und die schöne junge Frau an seiner Seite hatte ein Kleid an, so fein und durchsichtig, als ob es aus lauter Libellenflügeln zusammengenäht sei, trug ebenfalls eine Krone auf dem Kopf und goldne Ringe an jedem Finger.

Nach dem Hochzeitsmahl kam der Hochzeitstanz, und die Unterirdischen wurden nicht müde, zu singen und zu springen bis in den hellen Morgen. Und sie hatten auch eigens für diese Feier ein Lied gedichtet und sangen es vor ihrem König und ihrer Königin:

»Eine feine Sippschaft, seht,
Die sich da im Reigen dreht.
Finn thront nun nicht mehr allein
Auf dem hohen Sesselstein –
Er hat eine schöne Braut!
Tanzt und singt und jubelt laut!«

Auf solche Weise hatte sich der Zwergenkönig seine Frau gewonnen. Und als ihm nun Ekke Nekkepenn sein Leid klagte, riet er ihm: »Geh doch nach Braderup! Sicherlich findest auch du dort ein hübsches Mädchen, das lieber das fröhliche Leben mit uns teilt, als auf einem Bauernhof schwere Arbeit zu tun.«

Am nächsten Tage sah Ekke einen jungen Burschen, der von Braderup den Weg ins Haff nahm und sich anschickte, dort zu baden. Ekke aber war so lange nicht im Wasser gewesen, daß ihn plötzlich die größte Lust ankam, ebenfalls ein Bad zu nehmen. Er lief rasch den Weg, der hoch über dem Strand entlangführte, und sprang vom Felsen ins Meer hinab.

Der Badende schrie auf, als plötzlich vor ihm aus dem Wasser ein struppiges Wesen auftauchte. Er wollte flüchten, aber Ekke griff nach ihm und hielt ihn fest. Und da bemerkte der Meermann mit Staunen und Freude, daß es gar kein Bursche war, sondern ein junges Mädchen. Denn seit Isa verschwunden war, hatten alle Braderuper Mädchen Angst, die Unterirdischen könnten sie ebenfalls entführen, und so wagten sie nicht mehr, allein übers Feld zu gehen. Deshalb hatte Dörte sich Burschenkleider angezogen. Es half ihr aber nichts, Ekke hielt sie fest, und so sehr sie auch weinte und bat, sie loszulassen, gab er sie doch nicht frei, ehe sie nicht einwilligte, seine Braut zu sein und bald mit ihm Hochzeit zu machen.

Aber wieder konnte Ekke nicht schweigen, Und einige Braderuper, die Abends an den Klippen vorbeikamen, hörten ihn singen:

»Ich will brauen,
Ich will backen,
Ich will morgen Hochzeit machen,
Dörte Bundis frein.
Doch wie ich mich selber nenn:
Ekke ... Ekke Nekkepenn,
Das weiß ich allein.«

Die Braderuper freilich ärgerten sich mächtig, daß die Unterirdischen ihren schönen Mädchen nachstellten, und sie schlugen nach den kleinen Leuten, wo immer sie sich blicken ließen. Auch bewachten sie Dörte und ließen ihre Wut an Ekke Nekkepenn aus, indem sie ihm alle toten Katzen und Hunde in die Schlucht neben seiner Höhle warfen, so daß er es dort vor Gestank bald nicht mehr aushalten konnte.

In seiner Not ging er wieder zu Finn und klagte ihm, was sich zugetragen hatte. Aber der Zwergenkönig bemitleidete ihn nicht, sondern wurde bitterböse. »Du bist ja viel zu dumm für einen Unterirdischen!« schrie er Ekke an. »Als du das Mädchen erwischtest, hättest du es festhalten und in deine Höhle bringen sollen! Und außerdem mußtest du das Maul halten! Nun hast du mit deinem Singsang die großen Leute gegen uns aufgebracht und uns allen nur Ungelegenheiten bereitet! Scher dich weg von hier! Geh nach Hörnum oder ins Meer zurück! Auf der Heide und in den Hügeln taugst du zu nichts!«

Da wurde Ekke grob. »So klug wie du bin ich noch allemal!« schrie er den Zwergenkönig an. »Glaube nicht, daß ich nur auf dem Meere Macht habe, auch auf dem Lande werde ich euch zeigen, wer der Herr ist!« Und er setzte sich schnell auf den großen Sesselstein, der Finn als Thron diente, und rief: »Nun zeige, daß du stärker bist, und stoß mich von deinem Thron! Wenn dir das gelingt, so will ich meiner Wege gehn!«

»Nichts leichter als das!« sagte Finn, nahm einen Anlauf und versetzte Ekke einen so tüchtigen Faustschlag, daß der meinte, sein Schädel springe auseinander, und »Au!« brüllte. Trotzdem aber blieb er sitzen. »Ich bin König über euch alle!« schrie er, rot im Gesicht. »Wer auf dem Thron sitzt, ist König!« – »Warte nur, bis ich meine Axt hole, die ich vergraben habe«, antwortete Finn, »dann will ich dir schon zeigen, wer hier König ist!«

»Er will mich totschlagen«, dachte der Meermann. »Aber Ekke hat einen dicken Kopf und einen starken Rücken. Er soll es nur versuchen.« Und er blieb sitzen.

Finn jedoch hatte gemerkt, daß er gegen Ekke mit Gewalt nichts ausrichten konnte. Darum tat er nur so, als ob er die Axt holen gehe, in Wirklichkeit aber wollte er sich mit seiner Frau über eine List beraten.

Als er wieder zurückkam, sagte er zu Ekke Nekkepenn: »Nun hör einmal, soeben ist am Strand ein Schiff angekommen. Und lauter Affen sind darauf, die spielen heut Komödie. Meine Frau und ich wollen hingehn, und da du ja sowieso auf dem Stein sitzen bleiben mußt, kannst du derweil auf unser Kind aufpassen. Ich stelle die Wiege neben dich, dann kannst du es schaukeln, wenn es schreit.«

»Das fällt mir gerade ein!« schrie Ekke, ganz außer sich vor Zorn über die Zumutung. »Ihr wollt euch die Komödie ansehen? Und ich soll hier Kindermädchen spielen? Nein, nein, da geh ich auch mit!« Und er sprang vom Thron auf.

»Meine Axt ist noch scharf«, lachte Finn, und er wollte sich schon auf seinen Sesselstein setzen, aber im selben Augenblick besann sich Ekke, daß er eine Dummheit gemacht hatte, und kam ihm zuvor.

Da saß nun der Meermann wieder auf dem Thron, und er wollte doch unter keinen Umständen auf das Kind aufpassen, während die andern sich die Komödie ansahen. Was blieb ihm also anderes übrig – er mußte sich den schweren Stein auf den Rücken laden! Und so keuchte er denn mit seiner Last dem Strande zu.

Als er aber den Thron des Zwergenkönigs eine halbe Stunde geschleppt hatte, wurde er müde, pustete und prustete und war ganz naß vor Schweiß. Er konnte unmöglich mehr weiter, er mußte die Last fallen lassen, setzte sich aber sofort wieder auf den Stein und blieb die ganze Nacht dort sitzen.

Immer hoffte er, Finn und die Seinen würden mit den Affen zu ihm hin kommen und die Komödie beginnen. Aber der Morgen tagte bereits, und so sehr er sich auch anstrengte, konnte er doch weder ein Schiff noch sonst irgend etwas am Strande entdekken.

So saß er und saß. Die Sonne stieg höher und höher, sie brannte unbarmherzig auf ihn herunter, und doch durfte er den Sesselstein nicht im Stich lassen.

Plötzlich sah er eine Schar von Zwergen vom Strande heraufkommen, die ein wunderliches großes Ding mit sich schleppten. Es war in der Mitte so dick wie eine Tonne, hatte einen Kopf wie ein Mensch und einen Schwanz wie ein Fisch. Und es heulte und zeterte und wollte nicht mit. Plötzlich erkannte Ekke, daß es niemand anderes war als sein altes Meerweib Ran.

»Bleibt mir vom Halse mit ihr!« schrie er so laut er konnte. »Schafft die alte Hexe fort! Ich will nichts mehr von ihr wissen!« Aber die Zwerge taten, als hörten sie nicht, und kamen immer näher. »Ich bin euer König«, rief da der Meermann, außer sich vor Zorn. »Ich sitze doch auf dem Sesselstein, und deshalb müßt ihr mir gehorchen!«

Umsonst. Schon konnte er Rans Schnaufen deutlich vernehmen. Da packte ihn das Grausen. Er sprang vom Thron auf, rannte mit großen Schritten zum Strande hinunter und stürzte sich ins Meer.

Als die Zwerge sahen, daß sie den Meermann losgeworden waren, kümmerten sie sich nicht mehr um Ran. Sie ließen das plumpe, unbeholfene Geschöpf liegen und sprangen, so schnell sie konnten, zum Sesselstein hin. Und Finn schwang sich fröhlich auf seinen Thron, und die kleinen Leute sangen neue Lieder zu ihres Königs Ehren und zu Ekke Nekkepenns Spott.

Der Elbgeist

Georg, der Sohn eines armen Fischers aus Neumühlen, saß eines Abends in seines Vaters Jolle, die am Ufer der Elbe an eine Weide angebunden war, und ließ sich von den Wellen schaukeln. Es war ein heißer Tag gewesen, und er hatte dem Vater tüchtig geholfen. Nun aber war Feierabend, eine kühle Brise wehte vom Meer herauf, und der Bursche begann leise vor sich hin zu singen. Denn er hatte eine schöne klare Stimme und freute sich seines Lebens.

Plötzlich horchte er auf. War es nicht, als ob jemand in seinen Gesang einfiele? Aber die Töne schienen nicht vom Lande her zu dringen, sondern sie kamen mitten vom Strom, der hier schon so breit war, daß man das gegenüberliegende Ufer nur undeutlich erkennen konnte. Und doch vermochte Georg nirgends ein Schiff oder ein Boot zu erspähen. Nur ein leuchtend weißer Schwan kam auf ihn zu geschwommen, und je näher er kam, desto deutlicher drang der Gesang an des Burschen Ohr, in Tönen, wie er sie noch nie vernommen.

Endlich hatte das Tier die Jolle erreicht, und es verharrte so dicht vor Georg, daß er es hätte mit den Händen greifen können. Doch eine unerklärliche Scheu hielt ihn davon ab.

Sie steigerte sich noch, als der Schwan mit einem Male zu sprechen begann.

»Du hast eine schöne Stimme«, sagte er. »Wenn du ein ebenso reines Herz hast, kannst du heute dein Glück machen.«

»Wie meinst du das?« fragte Georg erstaunt.

»Nun, so komm mit mir, und du sollst es erfahren.«

Der Bursche hatte schon oft erzählen hören, daß allerhand Wesen die Wasser der Elbe bevölkern, und daß ihr Herr, der Elbgeist, unten am Grunde des Stromes in einem Palast aus glänzenden Perlmuttermuscheln wohne. Und als ihn der Vogel aus klugen Augen so seltsam anblickte, wurde ihm ganz wunderlich zumute. Doch faßte er sich ein Herz, denn er war nicht zaghaft, und antwortete: »Gut, ich folge dir.«

Der Schwan breitete seine starken weißen Schwingen aus, und der Wind fing sich in ihnen wie in den Segeln eines Schiffes und trieb ihn in großer Eile vor sich her. Und kaum hatte Georg die Jolle vom Stamm der Weide gelöst, als sie auch schon hinter dem Vogel dahinschoß, ohne daß der Bursche auch nur ein Ruder zu bewegen brauchte.

Endlich waren sie in die Mitte des Stromes gekommen. Da sprach der Schwan: »Nun sind wir am Ziel, und du bedarfst meiner nicht mehr. Hier an dieser Stelle, tief unter dem Wasser, befindet sich der Palast des Elbgeistes. Steig getrost hinunter, es wird dein Schade nicht sein. Und wenn du vor der Pforte stehst, dann singe dein schönstes Lied, und sie wird sich vor dir auftun.«

Nach diesen Worten neigte der Schwan seinen

schlanken Hals zum Abschied – dann schwebte er schnell und lautlos über die Wasserfläche dahin, bis er kleiner und kleiner wurde und zuletzt nur noch einer leichten weißen Schaumkrone glich, wie sie sich plötzlich auf den Kämmen der Wellen bilden, um im nächsten Augenblick wieder zu zergehen. Georgs Boot aber, das bis dahin mit Windeseile dem Schwan gefolgt war, stand trotz der starken Strömung des Wassers fest, wie von unsichtbaren Händen gehalten.

Der Bursche sah in das tiefe Wasser hinab, doch es war zu trübe, als daß seine Blicke bis zu den Zinnen und Kuppeln des perlmutternen Palastes hätten dringen können. Ein Gefühl von Bangigkeit begann in seinem Herzen hochzukommen, und schon faßte er nach den Riemen, um heimzurudern. Da tauchte plötzlich vor ihm der Kopf einer großen Robbe aus dem Wasser, und das Tier warf ihm mit seinen kurzen Pfoten etwas zu und war im nächsten Augenblick schon wieder verschwunden.

Staunend betrachtete Georg das seltsame Ding, das zu seinen Füßen lag. Es schien aus Seetang geflochten zu sein, und unter seinen Händen entwirrte es sich zu einer langen Strickleiter. Da rang der Bursche seine Verzagtheit nieder, befestigte die Leiter an einem Haken seines Bootes und stieg an ihr in die Tiefe hinab.

Anfangs fürchtete er, sie könne reißen. Auch brauste ihm das Wasser so beängstigend in den Ohren, daß ihn ein Schwindelgefühl erfaßte. Kaum aber standen seine Füße auf dem festen Grund des Strombettes, als ihm jede Bangigkeit schwand.

Wohl umströmten ihn die Wasser, doch bedräng-

ten sie ihn nicht, und ihr Rauschen erschien ihm wie leise Musik. Auch war es da unten, tief unter dem Wasserspiegel, nicht dämmrig, sondern tageshell, und Georg vermeinte auf einer großen Wiese zu stehen, die mit tausend bunten Blumen übersät war. Doch bald merkte er, daß das, was da um ihn herum in allen Farben schimmerte und glänzte, keine Blumen waren, sondern lauter Muscheln und Seesterne, die zwischen dem Grün der Wasserpflanzen lagen. Sie sahen so hübsch aus, daß er sich bückte, um einige davon aufzulesen. Da erhielt er plötzlich einen Schlag ins Gesicht, und ein frecher Stint sperrte sein breites Maul auf und fragte barsch: »Was machst du da?«

Erschrocken ließ Georg die Muscheln, die er schon in den Händen hielt, fallen und lief, so schnell er konnte, ohne sich umzusehen, davon. »Halt! Nicht weiter!« hörte er da eine Stimme hinter sich her rufen, »sonst kommst du hinaus in die Nordsee! Dort aber kann der Elbgeist dich nicht mehr beschützen, und Ekke Nekkepenn, der Herrscher der Nordsee, verschlingt dich mit Haut und Haaren!«

Georg hielt im Laufen inne und blickte sich um. Da schwamm ein freundlicher Butt heran und zeigte ihm den Weg zum Palast des Elbgeistes.

Als der Bursche zu dem hohen Tore kam, das kunstvoll aus Muschelschalen gefügt war und silbrig schimmerte, fand er es verschlossen. Er pochte, er rief, aber niemand öffnete ihm. Da erinnerte er sich der Worte des Schwans und hub mit leiser Stimme zu singen an, und die Pforte tat sich von selber auf.

Eine weite, hell erleuchtete Halle lag vor seinem Blick.

Ihr Dach wurde von vier mächtigen Säulen getragen, und jede von ihnen strömte ein andersfarbiges Licht aus: die eine ein rotes, die zweite ein gelbes, die dritte ein grünes, die vierte ein blaues. Alle Lichtkegel aber trafen sich in der Mitte des Raumes, und wo sie zusammenfielen, leuchtete es strahlend weiß – so hell, daß Georgs Augen geblendet wurden und er sie schließen mußte.

Als er sich endlich an die Fülle des Lichtes gewöhnt hatte, bemerkte er mitten darin einen goldenen Thronsessel, und darauf hockte zusammengekauert eine unscheinbare, beinahe eingeschrumpfte Gestalt, die den Burschen mit dürren Fingern heranwinkte.

Ein Schauder lief Georg den Rücken hinunter, als er das mißgebildete Wesen betrachtete, das weder einem Menschen, noch einem Fisch, noch einem Krebs glich, sondern von allen dreien etwas an sich hatte. Am liebsten hätte er dem unheimlichen Geschöpf den Rücken gekehrt, doch bewog ihn Mitleid, dem einladenden Wink Folge zu leisten und sich dem Ungeheuer zu nähern. So standen sie sich eine Weile gegenüber. Wortlos betrachtete einer den andern. Bis endlich der kleine Krumme zu sprechen begann.

»Ich danke dir«, sagte er mit krächzender Stimme, »daß du gekommen bist. Mehr als hundert Jahre schon warte ich, daß mich ein lebender Mensch besucht, doch nur Tote fanden sich bisher bei mir ein. Die kann ich aber nicht brauchen, und ich lasse sie deshalb alle wieder an den Strand legen.«

»Sage mir, ich bitte dich«, entgegnete der Bursche darauf, »wo finde ich den Elbgeist? Ich würde ihm gern meine Aufwartung machen.« – »Den ... Elbgeist suchst du?« antwortete der Krumme, und er seufzte tief. »Der ... bin ich doch selbst.« Und, als Georg betreten schwieg: »Du hast ihn dir wohl anders vorgestellt? Groß und kräftig? ... und wohlgebildet? ... und mit strahlenden Augen und schlanken Gliedern? Ja, so sah ich einst auch aus, und meine Stimme klang glockenhell und rein. Selbst die Menschen, die an den Ufern des Stromes entlanggingen, horchten auf, wenn ich sang, und die Fischer ließen ihre Arbeit ruhen. Aber das ist längst vorbei. Wenn ich heute zu singen anheben wollte, würde alles Lebendige in meiner Nähe vor Schreck erstarren.

Willst du wissen, wie es kam, daß ich meine ursprüngliche Gestalt verlor? So laß dich zu meinen Füßen nieder und höre mir zu!

Ich lebte viele tausend Jahre glücklich im Kreise meiner Brüder und Vettern – der Geister der Schelde und des Rheins, der Ems und der Weser und all der anderen Flüsse, die in die Nordsee münden. Wir besuchten einander oft, feierten Feste, und so trafen wir uns manchmal auch im Palaste Ekke Nekkepenns, unseres Herrn, des mächtigen Beherrschers der Nordsee.

Eines Tages nun brachte der Geist der Themse seine liebliche Tochter mit. Er war der Reichste unter uns und dünkte sich darum auch der Vornehmste, und man sagte, er habe im Sinn, sein Kind mit

Ekke Nekkepenn zu vermählen. Es bestand auch alle Aussicht, daß ihm das gelingen werde, denn die junge Nixe war so anmutig, daß der alte Meermann, dessen Gemahlin vor Jahren gestorben war, sich sofort in sie verliebte, als er sie zu Gesicht bekam. Und er veranstaltete ihr zu Ehren ein großes Fest und lud uns alle dazu ein.

Was soll ich viele Worte machen? Ich war ein guter Tänzer, die schöne Themse-Nixe bevorzugte mich sichtlich, ich sagte ihr viele Artigkeiten, und es dauerte nicht lange, da gab sie mir zu verstehen, daß sie den Meergeist nicht lieben könne, daß sie mich auf den ersten Blick ins Herz geschlossen habe und daß sie nur mir gehören wolle und keinem andern! Ich war überglücklich, und wir verabredeten zu fliehen. Bald wollten wir an einem Ort sein, wo Ekke Nekkepenns Macht uns nicht mehr erreichen konnte.

Aber eine grämliche alte Robbe, zu plump und zu häßlich, um am Tanz teilnehmen zu können, hatte unsere Worte belauscht, und sie hinterbrachte alles sogleich ihrem Herrn. Der schäumte vor Wut. Noch ehe wir uns in Sicherheit hatten bringen können, war er hinter uns her. Er ergriff uns, stellte mich vor Gericht und ließ mich zum Tode verurteilen.

Aber meine Brüder und Vettern setzten Ekke Nekkepenn unter Druck. Sie drohten, ihm, wenn er das Urteil nicht aufhöbe, keinen Tropfen Wasser zukommen zu lassen, bis er an seinem eigenen Salz ersticken würde. Und da schließlich auch der mächtigste und gewalttätigste Herrscher nicht gegen den Willen seiner Untertanen regieren kann, mußte

Ekke Nekkepenn sein Urteil notgedrungen rückgängig machen. Doch verwandelte er mich in die Gestalt eines Wechselbalges und gab meiner Stimme das widerliche Krächzen einer Möwe, so daß sich meine Geliebte, als er mich ihr vorführen ließ, voll Schauder von mir abwandte.

Bevor er mich aber in mein Reich entließ, rief er mir zu: »Nicht eher sollst du deine frühere Schönheit wiedererlangen, als bis der Sohn eines sterblichen Menschen freiwillig in dein Reich hinabsteigt. Er muß eine glockenreine Stimme haben, vor der alle Wellen sich teilen und alle Türen sich öffnen. Und er muß ein unverdorbenes Herz haben, so daß ihn alle Schätze der Welt nicht zu etwas Bösem verführen können. Wenn ein solcher Mensch vor dir erscheint, und wenn er allen Versuchungen widersteht, erst dann sollst du deine frühere Gestalt zurückerhalten.«

Der Elbgeist schwieg. Schwieg eine lange Zeit. Und auch Georg wagte kein Wort zu sprechen. Nur sein Atem ging schwer, denn eine tiefe Erregung hatte sich seiner bemächtigt.

Da hub der Unglückliche vor ihm wieder an: »Mehr als hundert Jahre sind seit jener Stunde vergangen. Und obgleich ich meine Diener ausschickte, überallhin, so weit meine Macht reicht, ist es mir doch bisher nicht gelungen, einen Menschen ausfindig zu machen, von dem ich erwarten durfte, daß er die Bedingungen erfüllt. Und so hatte ich die Hoffnung auf meine Erlösung schon ganz aufgegeben. Da brachte mir der Schwan die Kunde von deinem Gesang, und ich faßte wieder Zuversicht; denn ich glaube, daß so rein wie deine Stimme auch dein Herz ist.

Ich danke dir also, daß du gekommen bist!«

»Und was muß ich tun?« rief Georg bewegt aus. »Was muß ich tun, um dir zu helfen?«

»Das ... darf ich dir nicht sagen«, gab der Elbgeist zurück, »denn ganz allein aus dir selbst heraus muß das Richtige geschehen.«

Es war, als ob der Kleine nach diesen Worten noch mehr in sich zusammensänke. Er glich fast nur noch einem großen Krebs, der seine Scheren eingezogen hat. Auch wartete Georg vergeblich, ob er nicht doch noch ein Wort spräche.

Endlich aber wurde es dem Burschen unheimlich in der Stille der großen Halle. Auch tat das helle Licht seinen Augen weh. Darum schritt er langsam zur Pforte hinaus, die sich sogleich hinter ihm schloß.

Er stand nun im Garten des Palastes und sah sich darin um.

Waren das wirkliche Bäume? Hatten die Blumen Farbe und Duft? Schien auf all die Pracht die Sonne? Oder war das viele Licht nichts weiter als ein Blendwerk, das ihn täuschte?

Er mußte an den kleinen Garten seiner Mutter denken. Sie zog darin Kohl und Zwiebeln, Rettiche und Dill und Möhren und fand kaum ein Plätzchen für ein paar spärliche Blumen. Denn das Gartenland war nur schmal und diente nun einmal dazu, den kargen Tisch zu decken.

»Ach«, sagte Georg halblaut vor sich hin, »hätten wir doch einen Garten wie diesen, wie würde sich meine Mutter freuen.« Da stand plötzlich ein alter Mann vor ihm. »Bück dich«, sagte er, »und heb eine Handvoll Sand auf!«

Georg tat, wie ihm geheißen, und als er seine Hand betrachtete, gingen ihm die Augen über, denn es funkelte darin von weißen Perlen und roten Granaten.

»Füll dir alle Taschen damit«, sagte der Alte, »dann kannst du dir auf Erden jeden Wunsch erfüllen.« – »Nein«, entgegnete der Bursche, »die Schätze gehören mir nicht!« – »Ach, was braucht dich das zu stören?« raunte der Alte. »Der Elbgeist sieht's ja nicht! Hat übergenug davon.«

Doch Georg ließ, was ihm in der Hand lag, durch die Finger gleiten und ging weiter.

Bald kam er an eine Stelle, wo an einem Baumstamm ein Boot angebunden war. Es war ein schönes, festes Boot mit Steuer und Rudern aus Elfenbein, und daneben hingen silberne Netze ausgespannt. Georg mußte an die alte Jolle seines Vaters denken. Wie oft war ihnen schon während des Fanges das Netz gerissen – und die Beute entwischt! »Ach, hätten wir ein solches Boot!« sagte er vor sich hin. »Um wieviel besser könnte ich meinem Vater zur Hand gehn.«

Wieder stand der alte Mann vor ihm: »Wirf doch die Netze ins Boot, mach es los und setz dich hinein, dann trägt es dich vor deines Vaters Hütte und ist dein.« Doch Georg schüttelte nur stumm den Kopf und ging weiter.

Der alte Mann aber war niemand anderes gewesen als ein Späher Ekke Nekkepenns. Und er eilte zu seinem Herrn und meldete ihm, was geschehen war, und daß ein Sterblicher auf dem besten Wege sei, den Elbgeist zu erlösen.

Der Beherrscher der Nordsee aber war ein mächtiger Zauberer. Und er braute einen Trank zusammen aus Hochmut und Habgier, in den er noch einen Schuß Torheit und einige Tropfen Selbstgefälligkeit mischte. Er übergab ihn seinem Diener und schickte ihn damit wieder auf den Weg.

Unterdessen war Georg immer weiter gewandert, und der lange Weg hatte ihn hungrig gemacht. Doch konnte er nirgends etwas Eßbares entdecken.

Endlich kam er an ein Haus, aus dessen Türe wieder derselbe Mann heraustrat, dem er schon zweimal begegnet war, und ihn zum Essen einlud. Erfreut ging Georg diesmal auf seine Aufforderung ein, und nachdem er sich gesättigt hatte, bat er um einen Trunk Wasser. »Aber wer wird denn Wasser trinken?« sagte da der Alte. »Wasser ist gut fürs liebe Vieh – für Menschen gibt es Besseres.« Und er setzte seinem Gast ein Glas vor, das mit einer funkelnden goldgelben Flüssigkeit gefüllt war.

Als der Bursche den Becher hob, stieg ihm ein Duft entgegen, schwer und betäubend. Doch als ob er gewarnt sei, zögerte er zu trinken. Bis der Alte ihm zurief: »Nun, mein Freund, ist dir noch nie etwas Starkes durch die Kehle gerollt? Koste nur! Der Wein gibt dir Mut und Kraft und Lebenslust!«

Da überwand Georg seine Hemmung und setzte das Glas an die Lippen. Und als er die ersten Tropfen gekostet hatte, überfiel ihn eine solche Gier, daß er den Becher auf einen Zug bis zur Neige leerte.

Da – wie ward ihm mit einem Male? Er sah sich im Zimmer um und erblickte hunderterlei Dinge, die ihm bis dahin gar nicht aufgefallen waren. Auf den Tischen standen Schalen voller Perlen und edler Steine, an den Wänden hingen goldene und silberne Geräte, und auf dem Boden lagen kostbare Teppiche.

›Und ich lebe in einer armseligen Hütte‹, dachte er erbittert ›esse aus irdenen Schüsseln, liege auf einem harten Strohsack und muß barfuß über den kalten Lehmboden gehen.‹

Der Alte hatte unterdessen den leeren Becher ergriffen und war hinausgegangen, um ihn wieder zu füllen. Da blickte sich Georg scheu um, und da er niemanden erspähte, raffte er von den Herrlichkeiten zusammen, was immer er greifen konnte, und stürzte zur Tür hinaus.

Doch kaum war er draußen, als die Wasser, die bisher immer vor ihm zurückgewichen waren, mit ungeheurer Gewalt auf ihn eindrangen. Und ein Schrei gellte an sein Ohr, wie von einer übermenschlichen Klage, und ein Wirbel erfaßte ihn, und er verlor die Besinnung.

Als Georg wieder zu sich kam, lag er mit völlig durchnäßten Kleidern in der Jolle seines Vaters. Er meinte erst, er habe geschlafen und geträumt und sei von einer über Bord schlagenden Welle aufgeweckt worden. Aber dann merkte er, daß er in den Händen noch immer die geraubten goldenen Schalen hielt, und da wußte er, daß die Erlebnisse dieser Nacht Wirklichkeit waren. Und der Rausch des Zaubertranks wich von ihm, und er schleuderte das gestohlene Gut ins Wasser zurück und weinte. Doch seine Reue kam zu spät – sie konnte dem Elbgeist nicht mehr helfen.

Am Himmel bleichten schon die Sterne, als er auf die Hütte seines Vaters zuging.

Der alte Fischer war noch wach, und er wollte den Sohn schon mit einer Tracht Prügel empfangen; als er aber dessen verstörtes Gesicht und die nassen Kleider sah, ließ er es mit Schelten bewenden. Und die Mutter packte den Jungen ins Bett und gab ihm heißen Fliedertee zu trinken. Doch konnte sie nicht verhindern daß Georg in eine schwere Krankheit fiel und wochenlang mit dem Tode rang. Als er sich aber endlich wieder erholte, hatte er seine schöne Stimme verloren und blieb heiser bis an sein Lebensende.

Hof Rasenmeer

Viel fruchtbares Land hat die Nordsee den Menschen entrissen. Aber die Bewohner ihrer Küste sind ein hartes Geschlecht. Sie sagten den Fluten den Kampf an und umgaben ihre fruchtbaren Niederungen, die Marschen, zum Schutz mit hohen Deichen.

Draußen, jenseits der Deiche, dehnt sich das Wattenmeer aus – der Teil des Meeres, von dem es sich bei Ebbe jedesmal zurückzieht. Denn die Nordsee wird ebenso wie die großen Weltmeere von den Gezeiten beherrscht, die das Wasser etwa alle sechs Stunden steigen und alle sechs Stunden wieder fallen lassen. Und die Menschen stoßen mit ihren Deichen auch in dieses Wattenmeer vor und ringen ihm ein Stück verlorengegangenen Landes nach dem andern wieder ab.

So wollten auch die Budjadinger ihren Bodenbesitz erweitern und das zurückgewinnen, was ihre Vorfahren durch einen Deichbruch eingebüßt hatten. Also fuhren sie zur Zeit der Ebbe über den weichen Boden des Watts und begannen einen neuen Deich aufzuschütten; aber durch einen Priel – eine tiefe, sich immer wieder neu bildende Rinne – strömte ununterbrochen das Wasser der Nordsee ein und zerstörte jedesmal wieder, was sie in mühevoller Arbeit geschaffen hatten.

Da wollten sie schon mutlos werden und ihr Vorhaben aufgeben. Umsonst spornte der die Arbeiten beaufsichtigende Deichgraf die Männer an. Nichts anderes konnte hier helfen, als mit Steinen und Rasensoden den Priel zu verstopfen – aber wer hatte so viel Mut mit dem schon beladenen schweren Wagen über den nachgiebigen Grund bis zu der gefährdeten Stelle vorzustoßen. Mußte er doch fürchten, zu versinken und mitsamt dem Gespann ein nasses Grab zu finden!

Als der Deichgraf fragte, wer es als erster wagen wolle, erhielt er keine Antwort.

»Nun, so soll dem, der es tut«, rief er da laut, »das Land, das wir eindeichen, zu freiem Eigentum gehören«, und erwartungsvoll sah er von einem zum andern. Aber die Bauern dachten an Weib und Kind und senkten den Blick, und keiner wollte sein Leben in die Schanze schlagen.

Nur einer horchte auf bei diesen Worten. Das war ein höriger Knecht, der jahraus, jahrein um Kost und Gewand auf eines reichen Bauern Hof diente und nicht daran denken konnte, die Tochter seines Herrn, die er liebte, zu seiner Frau zu machen. Aber auch das Mädchen war dem jungen Menschen heimlich gut; nur wagten sie es beide nicht, mit dem Bauern darüber zu sprechen, weil sie wohl wußten, daß er seine Tochter nie und nimmer einem Hörigen zur Ehe geben würde.

In der betretenen Stille, die auf des Deichgrafen Worte folgte, suchten die Augen des Burschen die des Mädchens, das nicht weit von ihm stand. Und als ihre Blicke sich kreuzten, nickte sie ihm zu.

Da griff er, ohne ein Wort zu verlieren, nach den Zügeln der Pferde und sprang auf den Wagen. Und im nächsten Augenblick saß auch das Mädchen neben ihm, und die Pferde, kaum daß sie den Ruck der Zügel spürten, stürmten los, denn es waren kräftige, feurige Tiere.

So jagten sie dahin über den schwanken Grund. Aller Augen folgten ihnen. Tiefer und tiefer sank der Wagen ein, immer langsamer wurde die Fahrt, und die Rosse keuchten und schnaubten.

Aber der Bursche ließ nicht nach. Er sprang ab, nahm die Pferde am Halfter, und so kam der Wagen, manchmal schon bis zu den Achsen im zähen Schlick steckend, bis zu der gefährdeten Stelle.

Nun faßte auch das Mädchen mit zu, und gemeinsam gelang es ihnen, alles, was sie auf dem Wagen hatten, in den Priel zu packen. Und als sie auf dem leeren Wagen saßen, der nun schnell und leicht über das Watt zurückfuhr, konnten sie zwar kein Wort finden, aber ihre Hände hielten sich gefaßt, und ihre Augen leuchteten.

Da warteten die Bauern die Rückkehr der mutigen jungen Menschen gar nicht erst ab. Als wolle es jeder dem andern zuvortun, eilten sie, ihre Fuhren über das Watt zu bringen, und im Verlauf einer Stunde war der Priel fest zugeschüttet, und der Deich konnte gebaut werden.

Der Deichgraf aber hielt Wort. Als der Bursche vom Wagen sprang, trat er auf ihn zu, schlug ihm mit der Hand auf die Schulter und sagte: »Das ist der letzte Schlag einem hörigen Knecht! Dein sei das Land, das wir heute gewinnen! Bau dir einen Hof, wir alle werden dir dabei helfen, und sei frei wie die übrigen Bauern, die am Deiche wohnen!«

Auch sein bisheriger Herr hatte nichts dagegen, den tüchtigen Burschen, den er als Knecht verlor, als Schwiegersohn zu gewinnen, und so ließ denn die Hochzeit nicht lange auf sich warten. Den Hof aber, den sich die jungen Leute auf dem eingedeichten Land errichteten, nannte man »zu den rasenden Mähren«. Und obgleich viel hundert Jahre seither vergangen sind, trägt er im Anklang daran noch jetzt den Namen »Rasenmeer«.

In der Wolfskuhle

In früheren Zeiten gab es in Deutschand noch viele Wölfe, und auch die Länder an der Nordsee waren von dieser Plage nicht verschont. Deshalb gruben die Bauern in der Nähe ihrer Dörfer tiefe Kuhlen, die sie mit langen Stangen und Reisig leicht überdeckten. Dann banden sie eine Gans an einen Stecken und legten sie, das Ende des Steckens mit einem Stein beschwerend, mitten auf diese trügerische Fläche. Wenn nun die Gans schrie und der Wolf auf die willkommene Beute lossprang, fiel er in die Kuhle und war gefangen.

So machten es auch die Bauern in einem Dörfchen an der Eider. Und zwar mußte reihum ein Hof nach dem andern die Gans dazu liefern.

Eines Tages nun kam die Reihe an eine Bauersfrau, die so geizig war, daß es ihr einen Stich ins Herz gab, als der Knecht das Tier wegbrachte. Deshalb ging sie, kaum daß es Abend geworden war, heimlich aus dem Hause, denn sie dachte, wenn die Gans am nächsten Morgen nicht mehr am Stecken sei, würden die Leute annehmen, der Wolf habe sie geholt.

Als sie die Gans von weitem schreien hörte, freute sie sich mächtig, denn sie hatte schon Angst gehabt, der Wolf könne ihr zuvorgekommen sein. Sie lief, so schnell sie in der Dunkelheit konnte, auf die Grube zu, griff nach dem Stecken, an dem das Tier festgemacht war, und wollte es über den Rand der Kuhle zu sich heranziehen. Doch das ging nicht so leicht, und wie sie sich damit abmühte, verlor sie den Halt und fiel in die Grube hinein.

Da lag sie nun. Dabei war es so finster, daß sie die Hand nicht vor den Augen sah. Und ganz still war es auch. Sogar die Gans hatte aufgehört zu schreien.

Aber plötzlich, als sich die Augen der Bäuerin an die Dunkelheit gewöhnt hatten, sah sie ganz nahe vor sich zwei kleine grün und unheimlich schimmernde Lichter. »Der Wolf!« zuckte es ihr durchs Hirn.

Und richtig, so war es auch. Ein Wolf hatte sich in der Grube gefangen und sich – als er die Frau herunterpoltern hörte – erschrocken in eine Ecke gedrückt. Und die Frau erschrak nicht minder, als sie die Augen des Untiers auf sich gerichtet sah, und drückte sich in die andere Ecke.

So hockten die beiden die ganze Nacht. Der Wolf starrt die Frau an und regt und bewegt sich nicht, und die Frau läßt kein Auge vom Wolf und regt und bewegt sich ebenfalls nicht. Und kalt ist es und dunkel, eine Nacht ohne Mond und Sterne.

Endlich dämmert der Morgen herauf, und der Knecht kommt, um zu sehen, ob sich in der Kuhle ein Wolf gefangen habe. Und wie er in der einen Ecke seine Bäuerin sitzen sieht und in der andern das wilde Tier, bleibt ihm vor Staunen der Mund offen stehen.

»Bleib ganz still sitzen, Frau!« ruft er der Bäuerin zu. »Rühr dich nicht, ich hole die Leiter.« Und so schnell er kann, bringt er die Leiter und läßt sie in die Grube hinab. »Nun mach deine Röcke los, Frau«, sagt er, »denn wenn der Wolf zuspringt, muß er die erwischen, sonst geht's nicht gut ab!«

Und die Frau nestelt am Gürtel und bindet die Röcke ab – und richtig, wie sie aufsteht und die Leiter hinaufsteigen will, springt der Wolf zu. Da läßt die Frau ihre Röcke fallen, und das Tier verbeißt sich in den roten Unterrock und reißt ihn in Stücke.

So kam die Bäuerin doch noch mit dem Schrecken davon. Und ganz gewiß hat sie nie wieder eine Gans von der Wolfskuhle weggeholt.

Der Mühlstein am Seidenfaden

Im Norden von Dithmarschen, in der Nähe der Steller Berge, arbeiteten einst an einem heißen Sommertag ein Knecht und eine Magd im Heu. Sie waren sich beide von Herzen gut und hätten gerne Hochzeit gemacht, konnten aber bei ihrer großen Armut wohl niemals daran denken, sich einen Hausstand zu gründen.

Es war Mittag, und die Sonne stach. Trotzdem durften sie sich keine Ruhe gönnen, denn ehe der Abend kam, mußte das Heu gewendet sein, und die Wiese war groß.

Als die Magd eben mit ihrem Rechen einen Schwaden umwandte, sprang daraus eine dicke Kröte hervor. Erschrocken schrie das Mädchen auf, und der Knecht kam herzu. Als er das häßliche Tier erblickte, nahm er die Heugabel und wollte es totstechen, aber das Mädchen fiel ihm in den Arm: »Laß die arme Kröte leben, Jens!« sagte sie. »Sie tut ja niemandem etwas zuleide!«

Der Knecht freute sich, daß seine Braut so gutherzig war, wollte sie aber ein bißchen necken und sagte: »Ich mag nun einmal die Häßlichen nicht leiden, Marieken«, und tat, als wolle er der Kröte mit der Heugabel nachlaufen. Das Mädchen aber hängte sich an seinen Rock, und so balgten sie sich eine Weile und bekamen rote Köpfe. Die Kröte jedoch entsprang.

Als sie nach getaner Arbeit nach Hause kamen, sagte der Bauer zu ihnen: »Heute Mittag haben wir eine Stimme gehört, die ganz laut gerufen hat: ›Jens und Marieken sollen kommen Gevatter stehn!‹ Und immer wieder ›Jens und Marieken sollen kommen Gevatter stehn.‹ Aber soviel wir uns auch umgesehen haben, wir konnten doch niemanden entdecken.«

Der Knecht und die Magd wunderten sich darüber sehr, denn in ihrer ganzen Bekanntschaft war in letzter Zeit kein Kind geboren worden und auch keins zu erwarten.

Am nächsten Morgen aber, als Jens aufstand, merkte er, daß von seiner Bettstatt aus eine feine Spur von Sägespänen nach der Türe führte. Er ging ihr nach, kam aus der Kammer in den Flur, aus dem Flur in den Hof, und auch dort lagen die Späne sorgfältig ausgestreut und wiesen ihm über Feld und Acker den Weg zu den Steller Bergen. Und als er dort angekommen war, hörte er aus dem Berg heraus eine Stimme, die sagte: »Komm zu Mittag hierher, komm zu Mittag hierher, und bring auch deine Braut mit, ihr beide sollt unser Kind aus der Taufe heben!«

Das kam dem Knecht gar seltsam vor. Aber als er es Marieken erzählte, hatte sie nicht die geringste Angst, es mit den Unterirdischen aufzunehmen, ja, sie verspürte geradezu Lust danach, das kleine Völkchen, von dem man sich immer soviel Geheimnisvolles erzählte, kennenzulernen. Und so zogen sie sich denn beide ihr bestes Zeug an, und als die Sonne am Himmel am höchsten stand, warteten sie

an der bezeichneten Stelle. Da tat sich der Berg auf, und ein kleines Männchen in einem grauen Rock trat auf sie zu, verbeugte sich vor ihnen und hieß sie willkommen.

Der Unterirdische führte sie, eine Laterne in der Hand, durch einen langen dunklen Gang, und als er an seinem Ende eine Tür aufstieß, konnten die beiden nicht genug staunen über das, was sich ihren Augen zeigte.

In einer großen, prächtigen Halle, deren Wände von Gold und Edelsteinen funkelten, wimmelte und grimmelte es von einer Schar kleiner Leute. In der Mitte der Halle aber stand ein zierliches Bett, aus feinstem Rosenholz geschnitzt und von einem blauen Baldachin überdacht. Darinnen lag die Wöchnerin mit ihrem Kinde, und das kleine Volk drängte sich um sie. An den Wänden der Halle jedoch waren Tische gedeckt mit silbernem und goldenem Geschirr, auf dem leckere Speisen angerichtet waren, deren Duft den Raum erfüllte.

Als die kleinen Leute die Ankunft ihrer Gäste bemerkten, nahmen sie gleich das Kind und reichten es Jens, der es mit Marieken zusammen zur Taufe über das Becken hielt.

Darauf wurden die Gäste zur Tafel genötigt, und man aß und trank, scherzte und war fröhlich und guter Dinge.

Plötzlich aber, als Jens einmal von seinem Teller in die Höhe blickte, da sah er gerade über seinem Kopfe an einem dünnen seidenen Faden einen schweren Mühlstein von der Decke herabhängen.

Tief erschrocken wollte er aufspringen, aber er

konnte mit einem Male kein Glied regen und mußte, den Kopf zur Decke gewandt, sitzen bleiben und den Mühlstein anstarren, der ihn jeden Augenblick zu zermalmen drohte. Da brach ihm der Angstschweiß aus, und er dachte, daß seine letzte Stunde geschlagen habe.

Nach kurzer Zeit aber trat das Männchen, das ihn in den Berg geleitet hatte, auf ihn zu und sagte: »Nun weißt du, Jens, wie meiner Frau zumute gewesen ist, als du mit der Heugabel nach ihr stechen wolltest!«

Da löste sich der Bann von dem Knecht, und er konnte aufstehn und den gefährlichen Platz verlassen. Hunger freilich verspürte er keinen mehr, und da sich Marieken an all den guten Speisen bereits satt gegessen hatte, verabschiedeten sie sich von ihren Gastgebern.

Die kleinen Leute bedankten sich schön, daß sie ihnen Gevatter gestanden hatten, und sagten zu Marieken, sie solle ihre Schürze hinhalten, sie wollten ihr noch etwas mitgeben auf den Weg. Das Mädchen ließ sich das nicht zweimal sagen, war aber sehr enttäuscht, als sie sah, daß ihr die Unterirdischen die Schürze nur mit Hobelspänen füllten. Und das graue Männchen führte die beiden wieder aus dem Berg hinaus.

Kaum hatte sich der Zwerg verabschiedet, da wollte Marieken die Hobelspäne ausschütten. Doch Jens meinte: »Nimm sie mit, du kannst damit immerhin Feuer anschüren!«

Unterwegs wurden die Späne immer schwerer und schwerer, so daß das Mädchen sie bald gar nicht mehr tragen konnte und die Hälfte davon wegwarf. Als sie aber zu Hause angekommen waren und Marieken die Schürze leerte, da rollten lauter blanke Goldstücke über die Diele. Nun freilich lief Jens eiligst zurück, um die weggeworfenen Hobelspäne aufzulesen – aber umsonst, denn soviel er auch suchte, er konnte sie doch nirgends finden.

Trotzdem hatten sie noch immer genug, um sich einen Bauernhof zu kaufen, und es dauerte nicht lange, da machten sie Hochzeit und lebten glücklich miteinander bis an ihr Ende.

Puck

Auf einem großen Bauernhof in Amrum gingen sonderbare Dinge vor. Man hörte es im Stroh rascheln, hörte es flöten und singen und konnte doch niemanden entdecken, von dem die Geräusche herrührten.

»Nun, es wird ein Puck sein«, sagte eine der Mägde, und sie stellte des Abends eine Schale Milch und ein Stück Brot auf den Heuboden – und am nächsten Morgen war die Schale leer und das Brot verschwunden, aber auch der Stall war ausgemistet, und die Kühe hatten frisches Futter in den Raufen.

Seitdem vergaß die Magd niemals mehr, dem kleinen Hauskobold sein Essen hinzustellen, und dafür hatten es die Menschen gut auf dem Bauernhof, denn der Puck bewahrte sie vor allem Ungemach: Keine Kuh verkalbte, kein Pferd kam zu Schaden. Ebenso sorgte er für Reinlichkeit und Ordnung und nahm dem Gesinde auch sonst noch manche Arbeit ab. Nur sehen ließ er sich niemals.

Einst in der Ernte war der Hof menschenleer, denn der Bauer war mit allen seinen Leuten draußen auf dem Feld. Sogar die Kinder hatte er mitgenommen.

Einer der Knechte aber kam etwas früher zurück, und er hörte schon von weitem, daß der Hofhund wie unsinnig jaulte und bellte. Daher beschleunigte er seine Schritte, um zu sehen, was den Hund so aus der Fassung brachte, und als er ins Tor trat, bot sich ihm ein überaus drolliger Anblick: Oben im Giebelloch des Hauses stand ein kleines Kerlchen in rotem Wams und gelben Beinkleidern. Das schnitt die wunderlichsten Grimassen, wiegte sich bald auf dem einen, bald auf dem andern Bein und sang dazu mit einer feinen, aber durchdringenden Stimme ein Loblied auf sich selber:

Roter Schopf,
Kluger Kopf,
Augen rund,
Breiter Mund.

Flinke Hand,
baut das Land.
Bein geschwind
wie der Wind.

Spitzer Zahn
beißen kann.
Zunge schleckt,
was gut schmeckt.

Dummer Hund
bellt sich wund,
kriegt ihn nicht,
diesen Wicht.

Puck, Puck, Puck,
ist zu klug!

Da schlich sich der Knecht ganz leise auf den Boden hinauf, gab dem kleinen Kerl von hinten einen Stoß, daß er zur Giebelluke hinausfiel, und rief den Leuten zu, die gerade zum Hoftor hereinkamen: »Da habt ihr ihn! Haltet ihn fest!« Sofort sprangen einige beherzte Burschen hinzu. Aber wo der Puck hingefallen war, da lag nur ein Haufen Scherben – er selbst war in seinem Schlupfloch verschwunden.

Seit dieser Zeit hatte der Kleine einen Groll auf den Knecht, und er paßte auf eine Gelegenheit, ihm

Böses mit Bösem zu vergelten. Und die kam auch bald.

Eines Nachts nämlich hatte sich der Knecht einen Rausch angetrunken, und er lag in einer Ecke des Hofes in tiefem Schlaf. Da schlich sich der Puck an ihn heran, und als er an seinem Schnarchen hörte, daß er fest schlief, lief er geschwind zum Brunnen, hob den Deckel ab und schleppte den Knecht, so schwer er war, heran und wollte ihn hineinwerfen. Doch im letzten Augenblick besann er sich eines Bessern, denn der Bursche dauerte ihn doch ein wenig, und er legte ihn behutsam so hin, daß gerade nur seine langen Beine in den Brunnenschacht hinabhingen. Als der Knecht am Morgen aufwachte und erkannte, in welcher Lage er sich befand, bekam er einen furchtbaren Schrecken. ›Das hat der Puck getan!‹ dachte er bei sich. Zugleich aber schämte er sich vor dem Kleinen, in dessen Gewalt er gewesen war und der dabei doch, obwohl er leicht Gleiches mit Gleichem hätte vergelten können, so glimpflich mit ihm verfahren war.

Seit der Zeit hielten die Leute vom Hof Frieden mit dem kleinen Wicht, und der lohnte es ihnen nicht nur mit fleißiger Arbeit, sondern er gab ganz besonders auch auf die Kinder acht, und dabei hat er das jüngste von ihnen, den kleinen Hinnerk, einmal sogar vor einer großen Gefahr bewahrt.

Da war nämlich eines Tages ein Brand ausgebrochen im Dorfe, und weil alle Erwachsenen sofort zum Helfen hin mußten, um an Vieh und Hausrat zu retten, was noch zu retten war, hatte man die Kinder beim Weggehen im Haus eingesperrt. Aber man hatte nachzusehen vergessen, ob auch die aus dem Rinderstall ins Freie führende hintere Tür zugeschlossen sei. Bei der Rückkehr spielten sämtliche Kinder im Obstgarten; der Brunnen aber war mit Brettern zugedeckt.

Da erzählte das größte der Kinder: Als sie alle um den Brunnen herumstanden und sich damit vergnügten, kleine Steine hineinzuwerfen, weil es im Wasser dann jedesmal so hübsch gluckerte, da sei plötzlich der Puck gekommen und habe den Hinnerk, gerade als er sich weit über den Brunnenrand beugte, am Kittel gefaßt und weggezogen. Dann aber habe er sie alle zum Spielen in den Obstgarten geführt, Bretter herbeigeholt und den Brunnen damit zugedeckt.

Der Bauer hat daraufhin, am selben Tage noch, einen richtigen Deckel gezimmert für den Brunnen. Und die Bäuerin hat seitdem noch gewissenhafter als bisher dafür gesorgt, daß das kleine Männchen jeden Tag sein Essen und sein Schälchen mit Milch bekam.

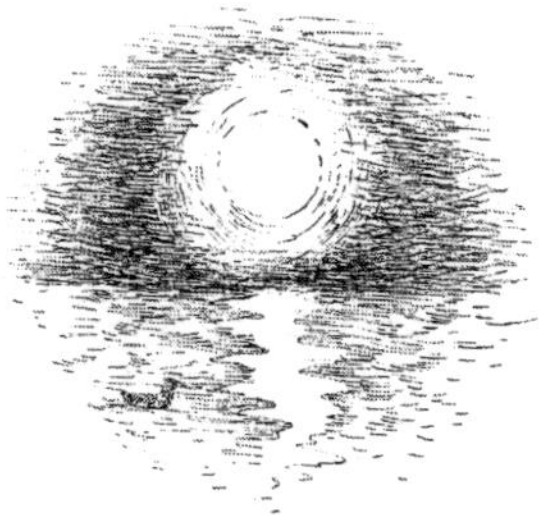

Die Ellernmagd

Ein hübsches junges Mädchen aus Weddehorn, nicht weit von Bremen, wollte bald Hochzeit machen. Darum war sie den ganzen Winter über fleißig gewesen, hatte Flachs gehechelt und gesponnen und gewebt und brachte nun das Linnen auf die Bleiche, breitete es aus und freute sich daran. Da stand mit einem Male eine Ellernmagd vor ihr und sagte: »Fein gesponnen! Schön gewebt! Gibst du mir ein Stück davon? Sollst dafür auch einen Brautschleier bekommen, so zart und so luftig, wie ihn noch nie ein Bauernmädchen getragen hat!«

»Für den Schleier allein«, gab die junge Braut zur Antwort, »ist mir mein Linnen nicht feil. Wenn du mir aber noch etwas dazugibst, was glänzt und glitzert, sollst du ein Stück davon haben.«

Da löste sich die Ellernmagd eine Kette vom Hals, deren Perlen glänzten wie Tautropfen, in denen sich der Sonnenschein in allen seinen Farben spiegelte. Und an der Kette hing eine kristallene Kapsel, nicht größer als eine Walnuß, und als das Mädchen sie öffnete, quoll ein Schleier daraus hervor, hauchdünn und zart wie Spinnweb und doch unzerreißbar fest. Da funkelten dem Mädchen die Augen. »Welches Stück von meinem Linnen willst du haben?« fragte sie die Ellernmagd, denn sie war augenblicklich bereit, ihr selbst das größte mitzugeben.

Die Ellernmagd wählte sich eines aus, doch gleich mitnehmen wollte sie es nicht. »Laß es noch eine Woche auf der Bleiche liegen, sagte sie, daß es so weiß wird wie Mondlicht. In der Nacht nach des siebenten Tages komme ich dann und hole es mir.«

Die Braut ging nun täglich zur Bleiche und begoß immer wieder das Leinen. Und sie hatte Glück: Jeden Tag schien die Sonne von einem wolkenlosen Himmel, immer weißer hob sich das Gewebe ab vom grünen Rasen, und am siebenten Tage war es weiß wie Schnee.

Stolz führte das Mädchen ihren Verlobten hinaus und zeigte ihm ihre Aussteuer – und auch das Stück, das sie der Ellernmagd versprochen hatte. »Aber sie soll es nicht haben«, sagte sie. »Sieben Hemden kann ich daraus machen. Deshalb werde ich der Ellernmagd ein Schnippchen schlagen und werde alles Leinen von der Bleiche nehmen, noch ehe sie kommt. Und Perlen und Schleier, die behalte ich obendrein.« – »Tu das nicht!« warnte der Bräutigam, »es könnte leicht ein Unheil daraus entstehen!«

Doch das Mädchen hörte nicht auf ihn, trug, noch ehe die Sonne unterging, all ihr Linnen nach Hause und schloß es in der Brautlade ein.

Die Zeit verging, der Hochzeitstag kam heran, und das Brautpaar und die Hochzeitsgäste fuhren mit vielen Wagen nach Bassum zur Kirche, und nach der Trauung kehrten sie wieder nach Weddehorn zurück.

Als sie aber über die Wiesen kamen, erhob sich plötzlich ein kühler Wind, der fuhr der Braut unter den Schleier, daß er hoch aufwallte und sich zu einer

Nebelwolke dehnte, und von ihr wurden Braut und Bräutigam, Pferd und Wagen, ja schließlich die ganze Hochzeitsgesellschaft so eingehüllt, daß keiner den andern mehr sehen konnte. Und die Pferde des Brautwagens scheuten und rasten über Stock und Stein davon, bis der Wagen ins Schleudern kam und umstürzte.

Zum Glück hatten die Jungvermählten sich keinen Schaden getan. Nur der Braut war die Kette zerrissen, die Perlen lagen weithin über die Wiese zerstreut, und der Schleier war zu Nebel zerflossen.

Als der Hochzeiter sah, daß seine junge Frau von dem Sturz aufstand, wenn auch ohne Schmuck und Schleier, sagte er zu ihr: »Das hätte schlimmer ausgehn können. Es ist nur gut, daß wir nun mit der Ellernmagd schier sind.« (»Schier« bedeutet in der Sprache des Landstriches soviel wie »quitt«.)

Darum nannte man den Mann seit der Zeit »Schiermann«, und der Hof, den er bewirtschaftete, heißt noch heute der »Schierhof«.

Wer aber zur Mitsommerzeit am Abend über die Weddehorner Wiesen geht, der kann die Perlen als zahllose Lichtpünktchen im Grase leuchten sehen. Und manchmal breitet die Ellernmagd auch einen weißen Schleier über den Wiesengrund. Doch wenn ihn eines Menschen Hand zu fassen versucht, zerfließt er in der Luft.

Metenfäden

Wenn in einer klaren Nacht der Vollmond am Himmel steht, kann man mit freiem Auge mitten in der hellen Scheibe einen Schatten erblicken, der der Gestalt eines Menschen nicht unähnlich ist.

An diese Erscheinung, die in Wirklichkeit von den Gebirgen des Mondes herrührt, knüpfen sich viele Sagen, und wohl die bekannteste ist die vom »Mann im Mond«, der sich am Sonntag ein Bündel Holz aus dem Walde geholt habe und zur Strafe dafür auf den Mond verbannt worden sei. Die Leute in Niedersachsen aber erzählen sich eine andere Geschichte.

Vor vielen, vielen Jahren lebte unweit des Meeres in einem Bauerndorf ein Mädchen, das über die Maßen schön war. Leider aber stand sie lieber vor dem Spiegel und kämmte sich die Haare und putzte sich, als daß sie die Hände zu nützlicher Arbeit geregt hätte. Und wenn die Mutter sie zum Spinnen anhielt, setzte sie sich zwar an den Rocken, bewegte aber kaum ihre Finger und spann nur Gedanken und Träume in die blaue Luft hinein.

In die Spinnstube ging sie trotzdem nicht ungern. Aber nicht etwa, um fleißig ihr Rädchen zu drehen, sondern nur der jungen Burschen wegen, die die Mädchen dort zu besuchen pflegten. Sie machte ihre Späße mit ihnen, während sich ihre Freundinnen nicht von der Arbeit abhalten ließen. Und so verging ein Winter um den andern, ohne daß sich ihre Truhe zur Hochzeitsaussteuer mit Leinenzeug gefüllt hatte. Darüber war die Mutter sehr ungehalten. Doch ob sie ihr nun gute Worte gab oder böse, die Tochter änderte sich nicht.

In einem Winter nun hatte sie es besonders arg getrieben, und als es Frühling ward und die Rocken der übrigen Mädchen sich schon oft geleert hatten, hing an dem ihren noch immer die erste Flachssträhne. Aber das kümmerte sie wenig.

Die letzte Spinnstube kam, bei der nun mit den Burschen getanzt und gescherzt wurde, und das Mädchen, ganz toll vor Ausgelassenheit, hatte nicht Raum genug in den engen vier Wänden, sondern tanzte auf die Straße hinaus. Die Burschen aber, hingerissen von ihrer Schönheit und ihrem Übermut, liefen ihr nach, drehten sich mit ihr im Kreise und sangen und jubelten in die Stille der Nacht hinein, daß man es weithin hören konnte.

So vernahm auch die Mutter des Mädchens in ihrer Schlafkammer den Lärm, und sie stand aus dem Bett auf und trat ans Fenster. Und als sie die Tochter allein inmitten der Burschenschar tanzen sah, rief sie in großem Zorn: »Ich wollte, du flögest in den Mond hinauf! Das wäre mir lieber, als daß du dich hier so schamlos herumtreibst!«

Da verstummte der fröhliche Lärm mit einem Male, und es wurde totenstill. Und aus der Stille erhob sich ein heftiger Wind, und aus dem Wind wurde ein Sturm. Er erfaßte das Mädchen und hob es höher und immer höher – bis in den Mond hinauf. Und dort sitzt sie nun noch heute und muß spinnen bis in alle Ewigkeit.

Im Spätsommer aber sinkt ihr Gespinst zur Erde nieder: feine weiße Fäden, die vom Wind durch die Lüfte geweht werden. Und die Kinder haschen danach und nennen sie »Metenfäden«, das heißt »Mädchenfäden«.

Das steinerne Schiff

Eine Fregatte segelte von Europa nach Mittelamerika, nach den Westindischen Inseln. Sie hatte auf der ganzen Fahrt guten Wind gehabt, so daß die Mannschaft in bester Stimmung war. Nur der alte Segelmeister des Schiffes stand mit nachdenklichem Gesicht abseits und starrte übers Meer.

»Kommt, trinkt ein Glas Wein mit uns«, rief ihm der Kapitän zu, der mit seinen Offizieren beim Becher saß. Und als sich der Angerufene nicht vom Fleck rührte, ging er zu ihm hinüber und fragte ihn: »Was sucht Ihr denn dort mit den Augen? Erst morgen werden wir unser Ziel erreichen und an Land gehen.«

»Das weiß ich«, erwiderte der Segelmeister. »Aber dort drüben in den Klippen, an denen wir bald vorüberfahren, muß das steinerne Schiff sein.«

»Das steinerne Schiff?« Der Kapitän lächelte ungläubig. »Wer hat schon je gehört, daß man Schiffe aus Stein baut?«

»Man baut sie nicht ... Herr ... auch dieses hat keiner gebaut, sondern ...«

Die anderen Offiziere waren hinzugetreten. »Erzählt uns doch, was Ihr von dem steinernen Schiffe wißt«, rief einer der jüngeren.

»Vor etwa hundert Jahren«, begann der Segelmeister, »hatten die Spanier den bis dahin von ihnen selbst betriebenen Sklavenhandel an die Holländer verpachtet. Das war für beide Teile ein einträgliches Geschäft. Denn die Holländer segelten die Schiffe, die mit Glasperlen und anderem billigem Tand beladen waren, zunächst an die westafrikanische Küste und handelten dort Menschen ein, die ihnen Sklavenjäger aus dem Inneren des Landes zubrachten. Dann fuhren sie mit diesen Unglücklichen über den Atlantischen Ozean nach den Westindischen Inseln, wo sie die geraubten Sklaven an die Besitzer der Zuckerrohrplantagen verkauften. Von dort aber brachten sie den in Europa überall verlangten und hoch bezahlten Rohrzucker als lohnende Rückfracht in ihre Heimat.

Aber so großen Reichtum die Holländer mit diesen berüchtigten »Dreiecks-Fahrten« auch erwarben, es gab einen Schiffsbesitzer, der selbst damit nicht schnell genug reich werden konnte. Er wollte die schwarzen Sklaven billiger erwerben als durch Kauf, und er fuhr deshalb aus seinem Heimathafen an der Nordseeküste ohne Fracht ab – nur eine Anzahl Fässer süßen Schnapses an Bord.

In Afrika landete er auch nicht etwa an der sogenannten Sklavenküste, wo die großen Sklavenmärkte waren, auf denen die arabischen Händler die armen, im Inneren des Landes geraubten Menschen an die Europäer verkauften, sondern er fuhr tiefer nach Süden, bis er an ein Küstengebiet kam, wo sich noch niemals ein europäisches Schiff hatte blicken lassen.

Die Menschen, die hier wohnten, nahmen ihn sehr gastfreundlich auf. Sie schlachteten ihr Vieh, buken Fladen auf heißen Steinen und veranstalteten zu Ehren des Fremden ein großes Mahl, wobei getanzt und gesungen wurde bis in die späte Nacht. Am nächsten Tag lud der Holländer die freundlichen Schwarzen zu einem Gegenbesuch auf sein Schiff.

Die Eingeborenen, die noch niemals solch ein »schwimmendes Haus« gesehen hatten, kamen voller Neugier – Männer und auch Frauen – mit ihren Einbäumen an das Schiff herangefahren, kletterten behende die Strickleitern hinauf, die ihnen von oben zugeworfen wurden, und bestaunten wie Kinder alles, was ihnen fremd und seltsam vorkam.

Nur einer von ihnen stand schweigsam und abweisend auf Deck – das war der Schamane des Dorfes: der Priester und Medizinmann.

Er war ein großer Zauberer, und er hatte Unheil geweissagt. Aber seine Landsleute hatten ihn verlacht und waren trotz seiner Warnungen auf das Schiff der Fremden gekommen, und so war er denn schließlich, von großer Unruhe erfüllt, als letzter mit an Bord gegangen, stand aber nun in einer Ecke und beobachtete finster, was um ihn herum geschah.

Die Matrosen brachten ein Fäßchen und schenkten ihren Gästen ein. Diesen schmeckte der süße, starke Trank, der ihnen wie Öl durch die Kehlen rann und wie Feuer brannte. Mehr und mehr wollten sie davon haben, wurden lustig, sangen und lachten, wurden dann schläfrig und sanken einer nach dem andern zu Boden. Der Zauberer aber hatte kein Glas angerührt, und er sah mit steigender Besorgnis dem Treiben seiner Stammesbrüder zu.

Und diese Sorge war nur allzu berechtigt. Denn kaum war der letzte in den Schlaf gesunken, als auch schon die Matrosen des Schiffes mit starken Stricken herankamen und die Wehrlosen fesselten.

Auch den Zauberer wollten sie binden. Doch der hatte die Kräfte von drei Männern, und er wehrte jeden Angriff ab. »Ach, laßt ihn!« rief endlich der Kapitän. »Ob ihr diesen einen bindet oder nicht, darauf kommt es nicht an!« Und er gab Befehl, die Anker zu lichten und Kurs auf Westindien zu nehmen.

Das gab ein Weinen und Wehklagen, als am nächsten Tag die armen, überlisteten Menschen aus ihrem Rausch erwachten. Aber das Herz des Schiffers war schon längst verhärtet, und auch seiner Mannschaft hatte er jegliches Mitleid abgewöhnt. So kümmerte sich niemand um das Stöhnen der Gebundenen außer dem Schamanen, der ihnen aber auch nicht anders helfen konnte, als indem er mit ihnen sprach.

»Was wird aus uns?« fragten die Schwarzen.

»Man bringt uns in fremde Länder«, antwortete der Schamane, »um uns als Sklaven zu verkaufen.«

»Lieber sterben!« schrie da ein junger Bursche auf, der neben einem Mädchen lag, mit dem er in wenigen Tagen hatte Hochzeit machen wollen, und »lieber sterben!« seufzte auch sie.

»Denkt ihr alle so?« fragte der Schamane. »Wollt ihr alle lieber den Tod als die Sklaverei?« Und einer nach dem andern bejahte die Frage, der eine trotzig und todesmutig, der andere zaghaft und angstvoll. Allen aber erschien der Tod besser als die Qual, die sie erwartete.

»Dann seid getrost«, sagte der Schamane. »Euer Wunsch wird erfüllt sein, noch ehe die Sonne sich neigt.«

Die Matrosen des Schiffes waren nicht wenig erstaunt, als die Gefesselten zu jammern und zu stöhnen aufhörten und zu singen begannen. Das Lied klang erst leise und traurig, schwoll an zu einem mächtigen Chor, brach dann aber plötzlich ab, wie auf ein geheimes Kommando.

Die Stille, die folgte, wirkte unheimlich, und über den Schiffer legte sich eine schwere Beklemmung. Er trat an die Gefangenen heran, die völlig leblos nebeneinander lagen; als er aber einen nach dem andern mit dem Fuße anstieß, merkte er, daß er lauter Tote vor sich hatte.

Da sprang er auf den Schamanen zu, der noch immer mit finsterer Miene auf dem Deck stand. »Du!« schrie er außer sich vor Zorn, »du hast sie getötet!« Und er wollte sich auf ihn stürzen.

Doch der Schamane schaute ihn mit einem Blick an, daß der Schiffer innehielt und die Hand sinken ließ, und der Schamane rief ihm Worte zu, die der Holländer zwar nicht verstand, bei denen es ihm aber kalt über den Rücken lief.

Er wollte sich umdrehn, wollte zurückgehen zu seinen Leuten, konnte es aber nicht. Er wollte um Hilfe schreien, aber das Wort blieb ihm in der Kehle stecken. Und auch über die Mannschaft, als sie ihren Kapitän so stehen sah, kam ein Grausen. Einer nach dem andern fühlte, wie ihm die Glieder schwer wurden, und schließlich standen sie alle unbeweglich – zu Stein erstarrt.

Das Schiff aber trieb an die Küste und setzte sich dort am Strande fest, und so steht es da noch heute, mit aufrechten Masten und geblähten Segeln – alles zu Stein geworden!«

»Das habt Ihr gut erzählt!« meinte der Kapitän der Fregatte, und er klopfte dem alten Segelmeister auf die Schulter. Im selben Augenblick aber rief eine Stimme vom Vortopp: »Segler in Lee! Segler in Lee!« Der Kapitän hob sein Fernrohr vors Auge. »Oh« meinte er, »ein schönes Schiff! Aber wie sonderbar sich seine Segel blähen – so als ob der Wind von Osten käme – und er weht doch aus Süden. Das sieht ja ganz unheimlich aus! Was haltet Ihr davon Segelmeister?« Und er hielt dem Alten das Fernrohr hin. Der aber nahm es nicht, sondern sagte nur dumpf: »Kein Schiff, Herr! – Nur Stein!«

Eines rechten Wursters Kraft

Die Wurster haben mit den Hadelern nicht immer in so guter Nachbarschaft gelebt wie heute. Im Mittelalter ist viel Streit und Fehde zwischen ihnen gewesen, und sie haben sich gegenseitig großen Schaden angetan und sich um manchen Fußbreit Boden die Köpfe blutig geschlagen.

Schließlich aber sahen sie ein, daß Krieg nie mehrt, sondern immer nur verzehrt, und so beschlossen sie, ihr Recht auf ein strittiges Stück Land durch einen Zweikampf entscheiden zu lassen. Und so sandten denn die Hadeler ihren stärksten Mann in die Nachbarmarsch, damit er den Frers, den stärksten der Wurster, zum Kampf herausfordere.

Als der Hadeler in die Nähe von Kappeln gekommen war, führte ihn sein Weg an einem Acker vorbei, auf dem ein Pflüger hinter den Pferden her ging.

»Heda!« rief er ihn an, »kannst du mir sagen, wo der starke Frers wohnt?«

Der Angerufene blieb stehen, wandte sich um und musterte den Fragenden mit einem Blick von oben bis unten.

»Komm herüber!« rief er, »und setz dich auf meinen Pflug, dann kannst du zwischen den Bäumen hindurch seinen Hof sehn!«

Der Hadeler tut, wie ihm geheißen. Kaum aber hat er sich niedergesetzt, als der andre mit der Rechten Pflug samt Mann in die Luft hebt. »Dar wohnt he!« sagt er und zeigt mit der Linken auf ein Gehöft, »hier … steiht he!« sagt er und zeigt auf sich selbst.

Man erzählt, daß der Hadeler die Lust verloren habe, Händel mit dem Wurster anzufangen, und daß seit der Zeit nie wieder ein Streit zwischen den Bewohnern der beiden Marschen aufgekommen sei.

Von den Romöern zu den Büsumern

Die Menschen an der Waterkant können einen Spaß verstehen, und sie necken sich gegenseitig gern mit allerlei lustigen Geschichten.

So erzählt man sich von den Einwohnern der Insel Romö folgendes:

Als es einst bei ihnen Mode geworden war, rote Jacken zu tragen, hatte Paul Moders, ein armer Robbenfänger und Transchlucker, das Geld nicht, sich eine zu kaufen. Und wenn man ihn mit seiner abgeschabten grauen Joppe, die er sommers wie winters trug, hänselte, so zuckte er nur verächtlich die Mundwinkel: »Ihr mit euren roten Jacken! Ich könnte auch eine haben, aber sie gefallen mir nicht!«

Nun hatten sich die Leute auf Romö für sämtliche Dörfer nur eine einzige Kirche bauen können, die begreiflicherweise genau in der Mitte der Insel stehen sollte, und die Erbauer meinten es auch ganz richtig getroffen zu haben. Aber als man eines Tages nachmaß, fand man heraus, daß sie zwei Ellen zu weit nach Norden stand.

Da war guter Rat teuer, denn die Leute von den südlichen Dörfern fühlten sich benachteiligt, und gar leicht hätte daraus ein großer Streit entbrennen können.

Die Romöer beriefen deshalb ein Thing, auf dem

lange und heftig hin und her geredet wurde. Doch sie konnten zu keinem Ergebnis kommen, bis Paul Moders aufstand und sagte: »Ich weiß nicht, warum ihr euch so ereifert, die Sache ist doch ganz einfach. Wenn einige wenige Menschen imstande waren, unsere Kirche zu erbauen, dann kann es uns gemeinsam doch nicht schwerfallen, sie ein wenig von der Stelle zu rücken. Wenn wir uns also alle zusammen gegen die Nordwand stemmen, so wird die Kirche in kürzester Zeit zwei Ellen nach Süden gerückt sein.«

»Und wie soll man verhindern, daß sie dabei nicht etwa zu weit nach Süden zu stehen kommt?« fragten da die Leute aus den nördlichen Dörfern, denn sie fürchteten nun ihrerseits in Nachteil zu geraten.

»Oh, nichts leichter als das!« antwortete der listige Robbenfänger. »Meßt die zwei Ellen genau aus und legt an die Stelle, bis zu der die Kirche verschoben werden soll, eine rote Jacke!«

Das tat man denn auch, und dann ging es los. Mit ihren breiten Rücken stemmten sich die Männer der Insel gegen die Kirche und drückten und schoben, daß ihnen der Schweiß auf die Stirn trat.

Nach einer Weile sagte Paul Moders: »So, nun will ich mal nachsehn, wie weit wir gekommen sind«, und er lief um die Ecke.

Bald kam er auch schon wieder zurück und rief: »Halt! Es ist genug! Die rote Jacke ist nicht mehr zu sehen!«

Als Paul Moders am nächsten Sonntag zur Kirche ging, trug er eine rote Jacke.

»Nanu«, sagten die Leute, »wir dachten, die gefielen dir nicht?«

»Ach«, meinte er, »ihr habt schon recht, zuerst mochte ich sie gar nicht leiden … aber da ich sie so oft an euch sah, hab ich mich eben daran gewöhnt!«

Aber nicht nur die Leute von den Inseln müssen es sich gefallen lassen, daß man über sie lacht, auch über die vom Festland weiß man sich manches zu erzählen.

Büsum ist unmittelbar an der Nordsee gelegen, und da ist es kein Wunder, daß seine Bewohner alle recht gute Schwimmer sind.

So schwammen eines Tages neun Büsumer Burschen hinaus in die See, und als sie schon eine ziemliche Strecke zurückgelegt hatten, sagte der vorderste: »Nun will ich doch einmal zählen, ob wir noch alle beisammen sind und keiner von uns ertrunken ist.« Und von einem zum andern blickend, begann er: »Eins, zwei, drei, vier, fünf, sechs, sieben, acht – wahrhaftig, da ist einer ertrunken!«

Als die andern das hörten, wollten sie es zuerst nicht glauben. Dann begannen auch sie zu zählen, aber auch sie kamen stets zu demselben Ergebnis, und so schwammen sie ganz bestürzt zurück und suchten alles ab, ob sie nicht wenigstens die Leiche ihres ertrunkenen Kameraden finden könnten.

Da kam ein Fremder vorbei, und der fragte sie nach dem Grund ihres Kummers. Und als sie ihm die traurige Geschichte erzählten, schüttelte er zunächst einmal verwundert lächelnd den Kopf. Dann aber gab er ihnen den guten Rat, doch einmal ihre Nasen in den Sand zu stecken und dann die Löcher zu zählen.

Gesagt, getan – und es waren richtig neun Löcher!

Man sollte es nicht für möglich halten! Wie konnte das nur zugegangen sein?

Die Büsumer waren natürlich Fischer und fuhren mit ihren Booten auf die See hinaus. Daß es aber auch Fahrzeuge gibt, mit denen man auf dem Lande fahren kann, hatten sie noch nicht gewußt.

Da kam eines Tages ein Bauer mit einem Pferdewagen in ihr Dorf, und aus allen Höfen strömten die Leute herbei, um ihn zu begaffen. Und vor allem das Pferd hatte es ihnen angetan: Der eine befaßte es am Schweif, der nächste streichelte seine Flanken, der dritte bewunderte die Mähne – und der vierte bückte sich und hob auf, was es hatte fallen lassen.

Doch der Bauer war ein Schalk, und so sagte er: »Gebt mir den Pferdesamen her! Den kann ich euch nicht lassen.«

Pferdesamen? Bei diesem Wort horchten die Büsumer auf. Potztausend, das wäre nicht ohne! In den Dünen ließe sich bestimmt ein Feld ausfindig machen, um ihn darauf auszusäen – und wenn er dann aufginge, würden sie Pferde haben, würden sich Wagen bauen und die Pferde davorspannen. Dann könnten sie ihre Fische weit über Land fahren und so einen viel besseren Preis erzielen als an der Küste.

Sie wurden also mit dem Bauern handelseinig, kauften ihm den Pferdesamen um viel Geld ab und säten ihn in den Dünen aus.

Nach einer Weile gingen sie hinaus, um nachzusehen, wie weit die Pferde wohl gediehen seien. Und da lag der Pferdesamen noch breit in der Furche, und als ihn einer mit dem Fuß berührte, kamen darunter eine Anzahl Mistkäfer hervor. »O die niedlichen Fohlen!« rief er ganz glücklich. »Kommt und seht, die sind aus den Samen ausgekrochen!«

Alle liefen herbei und freuten sich unbändig, als sie die Käfer sahen, zählten sie im stillen, überschlugen, welch guten Kauf sie gemacht hätten, und waren stolz darauf, was für kluge Leute sie doch seien.

Da kamen plötzlich ein paar Elstern angeflogen und pickten einen der Käfer nach dem andern auf. Umsonst warfen die Büsumer mit Steinen nach ihnen, sie trafen sie nicht. Und hätten ihnen die Elstern nicht ihre Pferde alle aufgefressen, als sie noch ganz klein waren, so hätten sie sicherlich aus dem Pferdesamen die schönsten Rosse großgezogen.

Solche und ähnliche Geschichten erzählt man sich von den Leuten an der Waterkant noch viele. Doch ich werde mich hüten, mehr davon zu berichten, sonst könnten sie am Ende gar noch böse auf mich werden.

Knaben sprechen Recht

Nicht weit von der Mündung der Wiedau in die Nordsee – dort, wo der Fluß sehr tief ist und seine Ufer steil sind und hoch – fiel ein Mann, der nicht schwimmen konnte, ins Wasser und rief laut um Hilfe. Zum Glück waren Menschen in der Nähe, und rasch griff einer nach einer langen Stange und lief herzu, um dem Ertrinkenden damit ans Ufer zu helfen. Er stieß dabei aber dem Verunglückten, der zu hastig nach der Stange griff, mit ihrer Spitze ein Auge aus. Dieser verklagte daraufhin seinen Retter auf Schadenersatz.

Die Klage kam vor das Thing. Doch konnte sich der Hardesvogt nicht entschließen, ein Urteil zu fällen, denn er fürchtete, in jedem Falle einem von ihnen irgendwie Unrecht zu tun. Darum schob er die Entscheidung bis zum nächstjährigen Gerichtstag auf.

Als das Jahr um war und die Sache von ihm nun unbedingt so oder so entschieden werden mußte, war sich der Hardesvogt über sie noch um kein bißchen klarer geworden. Er wußte sich durchaus keinen Rat, und er war deshalb auf seinem Ritt nach Tondern, wo das Thing stattfinden sollte, recht mißmutig und niedergeschlagen.

So kam er auch an dem kleinen Dorf Rohrkarrberg vorbei, und da sah er an einem großen Steinhaufen drei Knaben stehn, so etwa elf oder zwölf Jahre alt, die sich zu streiten schienen, denn sie sprachen laut und lebhaft aufeinander ein.

»He, he, ihr Jungen!« rief ihnen der Hardesvogt zu, »könnt ihr nicht Frieden halten miteinander?«

»Aber wir streiten uns doch gar nicht!« bekam er zur Antwort. »Wir spielen doch bloß.«

»So. Und was spielt ihr denn?«

»Thing spielen wir!« riefen alle drei wie aus einem Munde.

Begierig, zu erfahren, um was es da wohl gehe, hielt der Hardesvogt sein Pferd an, und einer der kleinen Flachsköpfe, die ihn ja nicht kannten, erklärte es ihm: »Dies hier ist der Mann, der in die Wiedau fiel. Und da steht der, der ihm mit der Stange zu Hilfe kam und ihm dabei ein Auge ausschlug, ihm aber den verlangten Schadenersatz verweigert.«

»So und da solltest du wohl Recht sprechen, du kleiner Hardesvogt?«

»Ja, das soll ich!«

»Oh, das dürfte gar nicht so leicht sein«, antwortete der Reiter.

Da lachte der Knabe ihn an. »Aber das ist doch ganz einfach, Herr! Ich lasse den Kläger genau wieder an der Stelle, an der er damals hineinfiel, in die Wiedau werfen – und kann er sich allein heraushelfen, so muß der, der ihm das Auge herausstieß, den Schaden bezahlen! Ertrinkt er aber, dann ist die Sache erledigt, denn es gibt keinen Kläger mehr!«

Als der Hardesvogt aus dem Munde eines Kindes dieses Urteil hörte, verschlug es ihm vor Staunen die Sprache.

Dann lächelte er plötzlich, nickte dem Knaben freundlich zu, ritt zum Thing und sprach dort Recht nach der Weisheit des Kindes.

Doch der Kläger bat händeringend, er möge ihm erlauben, seine Klage zurückzuziehen.

Wollte er doch um alles in der Welt nicht ein zweites Mal in die Gefahr des Ertrinkens geraten!

Der Klawenbusch

Auf den Inseln der Nordsee ist das Holz sehr rar. Bei Kampen auf Sylt aber war die ganze Talschlucht bis nach der Wuldemarsch hinunter mit kräftigem Gebüsch bedeckt. Man hieß es das Wolderholz oder auch, sogar häufiger, den Klawenbusch, weil die Bauern aus seinen krummen Hölzern eine Art Pferdegeschirr anfertigten, das man »Klawen« nannte.

Nun wachten aber die Einwohner von Kampen, auf deren Gemarkung das Gehölz stand, eifersüchtig darüber, daß sich nicht etwa die Bewohner der übrigen Dörfer an diesem kostbaren Bestand vergriffen. Ja, selbst gegenseitig gönnten sie einander nichts davon, und wenn sich einer von ihnen einen neuen Klawen schnitzte, dann meinten die andern gleich, das sei doch noch gar nicht nötig gewesen, der alte hätte wirklich noch eine Zeitlang getaugt.

Schließlich kam es so weit, daß keiner mehr dem andern traute und jeder sich heimlich überreichlich mit Holz versah, und das binnen kurzem vom ganzen Klawenbusch nur noch ein einziger Hagedorn übrig war.

Da kamen die Kampener zwar zur Besinnung und sahen ein, daß sie sich aus Neid und Habgier um ihr kostbarstes Gut gebracht hatten. Aber es war zu spät, der Busch wuchs nicht wieder, und nur der letzte Hagedorn blieb einsam stehen: als Warnung für alle, die nur an ihren eigenen augenblicklichen Nutzen denken und so dem Gemeinwesen schaden.

Spatenrecht

Seit die Friesen an der Küste der Nordsee wohnen, führen sie einen unablässigen Kampf mit dem Meer, das mit seinen Fluten ihre Dörfer überschwemmt und ein Stück Land nach dem andern in seine Tiefe reißt. Eines nur kann helfen: Deiche zu bauen, die fest genug sind, um auch der wildesten Sturmflut zu trotzen.

Hart und mühselig ist diese Arbeit. Aber gar manche Fläche fruchtbaren Bodens wurde auf diese Weise der Nordsee wieder abgerungen. Und in dem Schutz ihrer Deiche bauten die Friesen ihre Höfe, bearbeiteten sie ihre Felder. Und jeder Bauer hatte einen bestimmten Teil des Deiches in Ordnung zu halten.

Alljährlich aber, ehe die Winterstürme einsetzten, gingen die Männer des Dorfes unter der Führung des von ihnen gewählten Deichgrafen hinaus und überprüften die Deiche. Fanden sie Schäden, so mußte der sie ausbessern, zu dessen Hof der Deich gehörte. Und es war ein altes, ungeschriebenes Gesetz, daß, wer diese Arbeit zu tun sich weigerte, als Zeichen dafür seinen Spaten in die Erde des Deiches stoßen mußte – und wer ihn herauszog und die Arbeit verrichtete, dem gehörten von nun an das Land und der Hof, die zum Deich gehörten.

Nun lebte einmal in einem friesischen Dorf ein

Bauer mit Namen Edo Boling. Er besaß einen stattlichen Hof und viel fruchtbares Marschland. Er war aber bekannt als ein Dickschädel ohnegleichen, der sich von keinem Menschen in seine Angelegenheiten hineinreden ließ.

Als nun der Tag der Besichtigung kam und die Männer die Deiche abschritten, fanden sie, daß Edo Bolings Deich dringend ausgebessert werden müsse. Aber Edo weigerte sich. »Der hält noch lange«, sagte er. »Und so schlimm sind die Fluten in den letzten Jahren ja auch nicht gewesen!«

»Darauf wollen wir uns lieber nicht verlassen«, hielt ihm der Deichgraf ernsthaft entgegen, und alle Deichgeschworenen stellten sich auf seine Seite.

Doch je mehr man den alten Edo zu überzeugen versuchte und ihm im guten zuredete, desto starrköpfiger wurde er, bis schließlich dem Deichgrafen die Geduld riß und er ihn zornig anschrie: »Wenn du nicht willst, so stoß deinen Spaten in die Erde!«

Das ließ sich Edo nicht zweimal sagen. Mit aller Kraft stieß er den Spaten so tief in den Deich hinein, daß das ganze Grabscheit darin steckte und nur noch der Schaft herausragte. Dann sah er sich mit blitzenden Augen im Kreise um und rief: »Wer von euch wagt es, mich um das Meine zu bringen?«

Jeder im Dorf kannte den alten Edo, kannte seine Streitsucht, seinen Jähzorn. Kannte auch seine vier starken Söhne, die dem Vater nachschlugen – zumindest was den Trotz und die Hartköpfigkeit betraf. Keiner wollte es mit ihnen zu tun bekommen.

So blieb denn der Spaten im Deiche stecken. Sein Blatt rostete, sein Schaft wurde grau.

Bis die Flut kam, ihn aus der Erde riß, und sich Hof und Land des alten Edo dazuholte – nach Spatenrecht.

Das Osetal

In Wenningstedt auf Sylt wohnte einst ein Bauer mit Namen Wilken Hahn. Der hatte die Gepflogenheit, jedes Jahr alle Nachbarn und Freunde, die ihm in der Ernte geholfen hatten, zum Schmaus einzuladen. Da ging es dann hoch her, denn Ose, seine Frau, weithin bekannt als tüchtige Wirtin, verstand die schmackhaftesten Gerichte zu bereiten und ein vorzügliches Bier zu brauen.

Eines Jahres nun war die Ernte ganz besonders gut gewesen, und so hatte Wilken Hahn diesmal auch besonders viele Gäste zum Ernteschmaus geladen. Das ganze Haus war mit Blumen geschmückt, vom Erntekranz flatterten die bunten Seidenbänder, die Musikanten stimmten ihre Instrumente, und das Festbier schäumte in den Humpen.

Frau Ose hatte alle Hände voll zu tun. Sie ging von einem Tisch zum andern, um zu sehen, ob alle Gäste zu ihrem Recht kämen – gab auch jedem ein freundliches Wort –, und da war gar mancher unter ihnen, der Wilken Hahn um seine schöne, stattliche, schaffensfrohe Frau beneidete.

Gerade ließ sie ihre Augen über die gedeckten Tische schweifen und stellte befriedigt fest, daß alles in Ordnung war (genügend Bier in den Kannen und auch vom Gebackenen und Gebratenen reichlich) und daß es den Gästen schmeckte – da kam aus dem

Raum, in dem das junge Volk tanzte, ihre Nichte gestürzt und hinter ihr her ein Bursche, hochrot im Gesicht. »Ich tanze nicht mehr mit dir, Jens!« rief das Mädchen und lief zu ihrer Tante. »Er dreht mich wie toll im Kreise und will mich gar nicht wieder loslassen.« – »Aber du weißt doch, Dörte, daß ich dich lieb habe. Weißt, daß ich dich heiraten will.« – »O und du weißt, daß ich dich nicht leiden kann!«

Frau Ose trat zwischen die Streitenden. »Geh, such dir ein anderes Mädchen, Jens!« sagte sie beschwichtigend zu dem Burschen, und, zu ihrer Nichte gewandt: »Am besten, Dörte, du gingest nach Hause!«

Aber der Bursche, der dem Bier schon reichlich zugesprochen hatte, ließ sich nicht abweisen, und Frau Ose mußte ihren Mann herbeirufen, dem Mädchen vor dem Zudringlichen Ruhe zu verschaffen.

Nun war Wilken Hahn ein jähzorniger Mensch, und als er hörte, worum es sich handelte, packte er kurz entschlossen den Burschen am Kragen, um ihn vor die Tür zu setzen. Der wehrte sich aber, und seine Kameraden kamen ihm zu Hilfe, und im Handumdrehen entstand eine Schlägerei. Das brachte den Gastgeber zum äußersten, und mit einer Axt, die zufällig zur Hand lag, schlug er den Burschen zu Boden.

Entsetzt wichen alle zur Seite.

Frau Ose erbleichte bis in die Lippen, als sie erkannte, daß ihr Mann einen Totschlag begangen hatte. Keiner wagte, sich ihm zu nahen. Er selbst starrte wie von Sinnen auf sein Opfer. Ein Mann aus des Toten Sippe aber schwang sich aufs Pferd, um den Vogt zu holen.

Als Frau Ose das sah, trat sie an Wilken heran, griff nach seiner Hand, sagte »Komm!« und zog ihn, ohne daß jemand sie gehindert hatte, fast wider Willen mit.

Als der Vogt mit seinen Knechten erschien, war Wilken Hahn verschwunden. »Wo hast du ihn versteckt?« herrschte der Vogt Frau Ose an. Doch sie beteuerte, er wäre geflohen – nur wüßte sie nicht, wohin. Bis in die Nacht hinein suchte man nach ihm. In jedem Haus, in jedem Stall, in jedem Strohschober – aber es war vergebens. Und als die Leute zum Strand hinunterkamen und bemerkten, daß sein Boot fehlte, zweifelte niemand mehr daran, daß es ihm gelungen sei, von der Insel zu entkommen und sich seinen Richtern zu entziehen.

Also mußte nun Frau Ose schwere Buße zahlen für den Erschlagenen. Und weil sie soviel Geld nicht hatte, war sie gezwungen, ihre besten Äcker zu verkaufen. Was ihr aber an Land übrigblieb, bewirtschaftete sie allein, und sie arbeitete unentwegt von morgens bis abends, um sich mitsamt ihren drei kleinen Kindern durchs Leben zu schlagen. Und überall achtete und ehrte man sie, denn sie griff tapfer auch die schwerste Männerarbeit an und klagte niemals.

So waren mehrere Jahre ins Land gegangen, und von dem flüchtigen Mann fehlte jede Spur.

Da Frau Ose aber trotz ihres Kummers und all der harten Arbeit immer noch eine schöne, stattliche Frau war, beschloß ein reicher Witwer, der in einem benachbarten Hof wohnte, um sie zu werben; denn ihr Mann, sagte er sich, war ja verschollen und ganz gewiß tot. Und um herauszubekommen, wie sich Frau Ose zu seinem Ansinnen stelle, schickte er ihr seine Muhme ins Haus.

Die brauchte nicht erst lange um die Sache herumzureden. Denn kaum hatte Frau Ose verstanden, wovon die Besucherin sprach, als sie ihr klipp und klar sagte, daß sie niemals auch nur im entferntesten daran denke, eine zweite Ehe einzugehen. Sie sei und bleibe Wilken Hahns Frau, und im übrigen könne doch gar niemand wissen, ob ihr Mann gestorben sei. Er könne also jederzeit wiederkommen.

Als die Muhme diese abschlägigen Worte vernahm, faßte sie Frau Ose scharf ins Auge, und plötzlich lächelte sie hinterhältig und sagte höhnisch: »Es wird schon einen Grund haben, weshalb Ihr meinen Vetter nicht heiraten wollt. Wer weiß, was für einen heimlichen Liebhaber Ihr habt.«

Bald munkelten die Leute im Dorf, daß etwas nicht stimme mit Frau Ose. Und es dauerte tatsächlich nicht lange, da brachte die arme Frau ein Kind zur Welt. Das hielt man damals für eine große Schande, und die Menschen, die bisher nur das Beste von ihr gedacht hatten, gingen ihr nun aus dem Wege; denn mit einer Ehebrecherin wollten sie nichts zu tun haben.

Als Frau Ose den Vater ihres Kindes angeben sollte, schwieg sie. Man drang in sie, versuchte sie mit allen Mitteln zur Aussage zu bewegen, drohte ihr sogar mit peinlichem Verhör – umsonst, es war kein Wort aus ihr herauszubringen. Da ließ man sie gehen, doch grüßte kein Nachbar sie mehr, und auch die, die ihr bisher gern geholfen hatten, zogen sich nun von ihr zurück, so daß die arme Frau es schwerer hatte als je zuvor.

Der Muhme allerdings ließ die Neugierde keine Ruhe, und sie trachtete mit allen Mitteln danach, Frau Oses Geheimnis zu ergründen. Von früh bis spät beobachtete sie von ihrem Fenster aus den Nachbarhof, und vor allem nachts lag sie auf der Lauer – wollte sie doch unbedingt herausbekommen, wer da wohl heimlich aus- und eingehe.

Und endlich, nach langem vergeblichem Bemühen, hatte sie Glück. Denn da hörte sie in tiefdunkler Nacht drüben das Tor in den Angeln kreischen, und als sie aus dem Fenster spähte, sah sie eine schattenhafte Gestalt sich entfernen. Da eilte sie aus dem Hause und schlich ihr nach.

Die Gestalt war so vermummt, daß man nicht erkennen konnte, ob Mann oder Frau, und schritt so schnell aus, daß die Verfolgerin Mühe hatte, sie nicht aus den Augen zu verlieren.

In den Dünen aber verschwand sie plötzlich, wie vom Erdboden verschluckt.

Zwar war der Muhme dabei nicht ganz geheuer, doch sprach sie sich selber Mut zu, denn sie wollte nicht unverrichteterdinge heimkehren. Sie ging also auf die Stelle zu, wo sie die Gestalt zum letzten Male gesehen hatte, und da bemerkte sie etwas weiter weg einen schwachen Lichtschein. Leise schlich sie sich näher, bis sie mitten im dichten Gestrüpp vor dem Eingang einer Höhle stand und tief drinnen im flackernden Licht eines Kienspans Frau Ose erkannte … und ihren Mann.

Da lief die Frau ins Dorf zurück und rief eilends Leute herbei, und es stellte sich heraus, daß der, nach dem man so lange vergeblich gesucht, die Insel gar nicht verlassen hatte, sondern in der Höhle all die Jahre hindurch von seiner treuen Gattin mit allem, was er brauchte, versorgt worden war.

So konnte man erst jetzt den Schuldigen seinen Richtern zuführen. Die aber hatten Mitleid mit der Frau. Wie tapfer hatte sie ihr schweres Schicksal getragen – und wie standhaft war sie geblieben, ihren Mann selbst in tiefster eigener Not nicht zu verraten! Und deshalb bezeichneten sie die Schuld als verjährt und ließen Wilken Hahn zu seiner Familie zurückkehren. Zum Andenken an Frau Oses aufopfernde Liebe aber nannten die Leute das Tal in den Wenningstedter Dünen das »Osetal«; und diesen Namen trägt es auch heute noch.

Der Brautzug

Sylt ist die größte unter den nordfriesischen Inseln. Langgestreckt und wie ein Schild gewölbt, stemmt sie sich den Wogen der Nordsee entgegen.

Einst war sie noch wesentlich größer als heute, und ihre Bewohner, die ein freies Leben führten, verstanden es, dem Meer und dem Lande seine Schätze abzugewinnen. Und doch gab es auch unter ihnen Arme und Reiche.

So befand sich in der Nähe des Westdeiches ein stattliches Bauerngut, auf dem eine schöne Tochter heranwuchs, und die Eltern wollten sie, damit Reichtum zu Reichtum käme, einem entfernten Verwandten zur Frau geben, der ebenfalls ein großes Vermögen besaß.

Das Mädchen aber wollte von dem Manne nichts wissen, denn es hatte sich heimlich schon einem andern versprochen. Dieser Bursche war ein armer Fischer, und das Mädchen traute sich deshalb nicht, den Eltern seine Liebe zu gestehen. So trafen sich die beiden nur heimlich nachts in den Dünen.

Eines Abends nun, als sich die Liebenden wieder zueinandergeschlichen hatten, sagte der Jüngling: »So kann es mit uns nicht weitergehn. Ich weiß, daß dein Vater nie und nimmer seine Tochter einem Habenichts zur Frau geben wird. Darum bleibt mir nur eines: Ich muß zur See gehen und zusehn, ob ich nicht da mein Glück machen kann. Schon mancher, der, als er auszog, nicht mehr besaß, als was er auf dem Leibe trug, ist als reicher Mann heimgekehrt. Darum habe ich mich heute auf einem Kauffahrteischiff anheuern lassen.«

Bestürzt erwiderte das Mädchen: »Und wenn du nun ganz fortbleibst? Wenn du überhaupt nicht wiederkehrst?« Und sie begann zu weinen.

»Aber ich komme doch wieder!« versicherte der Bursche. »Spätestens heute übers Jahr werde ich vor deinem Vater stehn und dich zur Frau verlangen. Wirst du auf mich warten?«

Und als sie unter Tränen nickte, schnitt er ihr eine Locke aus dem blonden Haar und steckte ihr einen schmalen silbernen Ring an den Finger, und sie versprachen einander Treue bis in den Tod.

Als das Mädchen nach Hause ging, war ihr das Herz schwer, und ehe sie durch die Türe trat, streifte sie den Ring ab, damit niemand sie danach fragen sollte, und hielt nach wie vor alles geheim, weil sie Angst hatte vor dem Zorn des Vaters. Ihre Eltern aber und die Anverwandten drangen immer weiter in sie, doch dem reichen Freier ihr Jawort zu geben, und auch er kam immer häufiger zu Besuch und brachte jedesmal noch schönere Geschenke für sie mit.

Erst weigerte sie sich standhaft. Als aber ein Monat um den andern ins Land zog und sie von ihrem Liebsten auch nicht ein einziges Mal eine Nachricht erhielt, dachte sie: ›Wer weiß, ob er überhaupt zu mir zurückkommen will? Ob es ihm nicht besser gefällt in den fernen Ländern? Ja, ob er nicht gar eine andere gefunden hat, mit der er sich noch lustig macht über mich?‹

Diese bitteren Gedanken drückten ihr das Herz ab. Und so kam es, daß sie dem Drängen ihrer Mutter, doch wenigstens einmal einen Besuch zu machen auf dem Gut des reichen Verwandten, endlich nachgab.

Dort gingen ihr die Augen über von dem, was sie zu sehen bekam. Denn lebten sie schon auf dem Hofe ihres Vaters nicht ärmlich, so war hier alles in Hülle und Fülle vorhanden, und Kammern und Scheunen, Truhen und Kästen waren voll bis oben hin, so daß der Reichtum, der vor ihr ausgebreitet lag, schließlich ihr Herz übermannte.

»Es ist gut«, sagte sie zu ihrer Mutter, »ich will tun, was Ihr von mir verlangt.«

Wie freute sich der reiche Freier, als er die Einwilligung des Mädchens vernahm. Und als er auf eine rasche Heirat drängte, sträubte sie sich auch dagegen nicht mehr. Wollte sie doch die Stimme ihres Herzens zum Schweigen bringen.

So wurden denn die Vorbereitungen zur Hochzeit getroffen, und von überallher strömten die Gäste herbei. Nicht nur aus allen Dörfern von Sylt kamen sie, sondern auch von den Nachbarinseln – von Amrum und Föhr und Romö – ja sogar vom Festland.

Selten hatte man eine so schöne Braut gesehen. Das Hochzeitsgewand aus schwarzem und rotem Tuch, auf das zahlreiche goldene Münzen aufgenäht waren, stand ihr gut zu dem schmalen Gesicht und den blonden Flechten. Die schwere Brautkrone, die

sie auf dem Kopfe trug, zwang sie zu gemessenem Schreiten, und ihre Augen hatten einen seltsamen Glanz.

So bewegte sich der lange Zug zum Kirchdorf hin, an der Spitze die Bläser, darauf der Hochzeitsbitter mit seinem von bunten Bändern umwehten Stab, und ihnen folgten das Brautpaar und die endlose Schar der Gäste.

Auf der Heide zwischen Tinnum und Keitum begegnete ihnen ein altes Weib. Alle nahmen an, sie werde dem Hochzeitszug bescheiden ausweichen, doch sie pflanzte sich mitten im Wege auf, erhob den Krückstock und gebot Halt.

Hatten ihre Augen zwingende Gewalt? Wagte es niemand, sie zur Seite zu drängen?

Betreten stockte der ganze Zug.

Da rief die Alte mit schriller Stimme: »Ihr Leute, reißt der Braut die Krone vom Kopf! Sie ist eine Ungetreue!« Untreue aber gilt unter den Friesen als die größte Schande, und der Bräutigam konnte eine solche Schmähung seiner Braut nicht hingehen lassen. Darauf antwortete er, rot vor Zorn: »Das lügst du, Alte, und wenn wahr ist, was du sagst, will ich hier an dieser Stelle zu Stein erstarren mit meiner ganzen Sippe! Ist es aber nicht wahr, so sollst du deine Worte teuer bezahlen!« Und er wollte auf das Weib zuspringen.

Die Alte jedoch ließ sich nicht einschüchtern. Wieder erhob sie ihren Krückstock, und ein furchtbarer Donnerschlag ließ den ganzen zu Tode erschrockenen Hochzeitszug zu Boden sinken.

Als sich die Gäste, noch am ganzen Leibe zitternd,

endlich wieder erhoben, war die Alte verschwunden, aber auch das Brautpaar und dessen Anverwandte sah man nicht mehr. Nur eine Gruppe hoch aufragender schlanker Granitsteine stand dort, wo vorher Menschen gewesen waren. Und an dem einen von ihnen war ganz deutlich ein auseinandergesprungener silberner Ring zu erkennen.

Wenige Wochen später kehrte der Verlobte des Mädchens heim. Es war ihm geglückt, Reichtum zu erwerben, und er wähnte sich schon am Ziel aller seiner Wünsche. Als er jedoch erfuhr, was sich zugetragen hatte, hielt ihn nichts mehr in seiner Heimat. Er verließ sie zur selben Stunde auf immer, und kein Sylter hat ihn je wieder gesehen.

Noch heute aber steht auf der Heide zwischen Tinnum und Keitum der steinerne Brautzug – allen Mädchen zur Warnung, ihr Wort nicht leichtsinnig zu geben und ein einmal gegebenes niemals zu brechen.

Hake Betkens Tauben

Es war im Herbst des Jahres 1618. Der Krieg, der dreißig Jahre lang die deutschen Lande verwüsten und soviel Not und Elend über die Menschen bringen sollte, hatte eben begonnen.

In einer Herberge zu Bremen saßen drei Burschen. Ihre Kleider sahen heruntergekommen aus, und ihre Gesichter, so jung sie noch waren, trugen bereits deutliche Spuren eines unsteten Lebens. Sie tuschelten miteinander und ließen ihre Augen im Raume umherschweifen, aber die Bürger an den anderen Tischen taten, als bemerkten sie die zudringlichen Blicke nicht. Denn in den unruhigen Zeiten machte viel übles Gesindel die Straßen unsicher, und niemand mochte sich mit Unbekannten einlassen.

Da tat sich die Tür auf, und ein Bauer trat ein.

»Den kenne ich«, sagte der eine der drei Burschen zu seinen Gesellen. »Es ist Hake Betken aus Büttel im Wührener Land. Der hat mit meinem Vater manchen Handel abgeschlossen, und er wird sich gewiß auch meiner noch erinnern!« Und damit stand er auf, um den Angekommenen zu begrüßen.

Hake Betken erkannte ihn auch sofort als den Sohn des Vogtes Frese aus Wremen, auf dessen Hof er oft eingekehrt war – sei es, um ein Geschäft abzuschließen, oder auch nur aus Freundschaft. Denn die Leute aus Büttel und die aus Wremen hielten gute Nachbarschaft miteinander. Daß aber Willem Frese von daheim fortgelaufen war, sich im Lande herumtrieb und seinem Vater Kummer und Schande machte, das wußte der Bauer freilich noch nicht, und so hatte er auch kein Arg, der Einladung des Vogtssohnes Folge zu leisten und mit an den Tisch zu kommen, an dem die drei ihr Bier tranken. Willem stellte seine beiden Gesellen dem Bauern vor als Johann Hilliken aus Bulkau an der Elbe und als Frerich Rinsel aus Berlin in der Mark Brandenburg.

Sie begannen auch gleich mit Hake Betken ein Gespräch. Es gab ja genug zu reden über den Krieg, der jüngst in Böhmen ausgebrochen war, und über all die Befürchtungen, die man an ihn knüpfte.

Dann brachte Willem Frese das Gespräch von den allgemeinen Dingen auf die persönlichen. Er erzählte, daß seinem Vater vor kurzem ein Pferd zu Schaden gekommen sei, und fragte, was Hake Betken in die Stadt geführt habe. »Da werdet Ihr sicherlich nicht ohne einen schönen Batzen Geld nach Büttel zurückkehren. Denn soviel ich weiß, habt Ihr das beste Vieh weit und breit. Und zumal Eure Pferde kennt man weithin auf allen Märkten.«

»Das will ich meinen!« sagte der Bauer und lachte, denn er freute sich der guten Meinung. »Reite da eben einen jungen Hengst, der nicht so bald seinesgleichen hat! Bin zwar schon den ganzen Tag unterwegs, aber es würde ihm nichts ausmachen, ohne Rast die Nacht hindurch auch gleich noch bis nach Hause zu traben.«

»Wäre eigentlich gar nicht schlecht«, gab Willem zurück. »Ihr könntet dann das Geld für die Herberge sparen.« – Ach, das Geld für die Herberge, auf das kommt mir's wahrlich nicht an, erwiderte ihm Hake Betken. »Und meine nicht mehr ganz jungen Knochen freuen sich schon aufs Bett.«

Da mischte sich Johann Hilliken ins Gespräch. »Na Bauer«, sagte er, »so ist es leicht, große Worte zu machen. Ich wette aber, daß mein Gaul, der draußen steht, es mit dem Euren gut und gerne aufnehmen kann.« Und Frerich Rinsel fügte hinzu: »Auch ich habe ein tüchtiges Pferd. Und die Nacht ist mondhell und so still, daß es eine Lust wäre zu reiten.«

»Laßt sein, Freunde!« fiel Willem ein. »Der Bauer muß seinen Hengst eben doch schonen nach dem langen Ritt, und die eigene Müdigkeit schützt er nur vor.«

Das war gerade das richtige Mittel, an Hake Betken heranzukommen. Denn was ein rechter Bauer ist, der nimmt lieber selber einen Spott hin, als daß er etwas auf seine Tiere kommen ließe.

»Nun denn«, sagte er. »Reiten wir!«

Die Burschen hatten, so heruntergekommen sie aussahen, alle drei doch recht gute Gäule im Hof der Herberge stehen. Man frage nur nicht, aus wessen Stall sie stammen – mit wessen Hafer sie gefüttert sind!

So machten sie sich denn zu viert auf den Weg und kamen bald über die Lesum und an der Leuchtenburg vorbei bis zu einer Stelle, wo der Weg sich teilte.

»Welche Straße nehmen wir?« fragte Frerich. »Ist

mir gleich«, antwortete Hake Betken, »sie führen ja doch beide wieder zusammen!« – »Aber die rechte ist kürzer«, meinte Johann. – »O nein«, sagte der Bauer, »sie sind beide gleich lang!« – »Warum sich streiten?« lachte der Vogtssohn. »Und da sie gleich lang sind, ist das die beste Gelegenheit, unsere Pferde zu erproben. Reitet Ihr den linken, Hake Betken, so nehmen wir den rechten. Und wer zuerst ankommt, wo die Wege wieder zusammenstoßen, der schießt seine Pistole ab zum Zeichen, daß er die Wette gewonnen hat.«

Damit gaben die drei Burschen ihren Pferden die Sporen und jagten davon.

Den Bauern hatte diese Herausforderung um jede Vorsicht gebracht. Er feuerte sein Roß an, daß es dahinschoß wie ein Pfeil, der von der Sehne schnellt, und er erreichte das Ziel als erster. »Natürlich«, sagte er zu sich selbst, »prahlen können die jungen Leute. Wenn es aber darauf ankommt …« Und er drückte die Pistole ab. Er dachte auch nicht daran, sie etwa gleich wieder zu laden, sondern lauschte nur angestrengt in die Nacht hinein. Doch hörte er weder Antwortschüsse noch Pferdegetrappel.

Denn kaum hatten die Burschen das verabredete Zeichen vernommen, als sie ihre Gäule anbanden und die letzte Strecke Weges durchs Dickicht schleichend zurücklegten. So überfielen sie den Bauern zugleich von drei Seiten.

»Dein Geld!« rief Johann. – »Und dein Leben!« setzte Willem hinzu und legte an, »damit du uns nicht verraten kannst!«

Zu spät erkannte der Überrumpelte die Gefahr, und ehe an Flucht oder Gegenwehr auch nur zu denken war, traf ihn die Kugel. Das Pferd aber scheute vor Schreck, warf ihn ab und jagte davon.

Im selben Außenblick rauschte es auf, und ein Volk Wildenten, durch den Schuß aufgeschreckt, erhob sich aus dem nahe gelegenen Röhricht. Da nahm der zu Tode Getroffene seine letzte Kraft zusammen, rief den Vögeln zu: »Bringt ihr sie vor den Richter!« und verschied.

Die drei Übeltäter aber lachten nur über diese Worte und griffen gierig nach seiner Geldkatze, um sich in den Raub zu teilen.

Wie waren die Leute des Bauern erschrocken, als am nächsten Morgen der Hengst ihres Herrn reiterlos vor dem Hoftor stand. Der Großknecht wollte ihn gleich in den Stall führen, doch das treue Tier ließ sich nicht dazu bewegen.

Bäuerin, Kinder, Gesinde – alle liefen zusammen, und eine böse Ahnung beschlich sie. Der Hengst aber riß sich plötzlich los und trabte zum Tor hinaus.

Da bestieg auch der Großknecht sein Pferd, und einige Bauern aus der Nachbarschaft schlossen sich ihm an. Das kluge Tier brachte sie an den Ort der grausigen Tat.

Das ganze Dorf trauerte um Hake Betken, denn er war ein rechtschaffener Mann gewesen. Von den Mördern jedoch fand man keine Spur.

Jahre waren ins Land gegangen, und längst schon hatte man jede Hoffnung aufgegeben, den Mord jemals aufzuklären. Da kamen die drei Gesellen eines Tages nach Brake auf den Jahrmarkt, um auch dort ihr schändliches Handwerk zu treiben. Und wie sie, nach Beute ausspähend, herumlungerten, ließ über ihnen eine Staffel Wildenten ihre Rufe ertönen. Da stieß Frerich Rinsel, der Märker, seine Spießgesellen an und sagte leise: »Hört ihr?« Doch Willem Frese, der Vogtssohn, lachte laut auf und machte eine wegwerfende Handbewegung: »Was kümmern mich Hake Betkens Tauben?«

Bauern aus Büttel aber, die diese Worte gehört hatten, horchten auf, und einer trat an den Sprecher heran, packte ihn an der Schulter und fragte: »Hake Betken? – Was weißt du von Hake Betken? Und wieso sind die wilden Enten seine Tauben?«

Entsetzt wollten die Übeltäter entfliehen. Aber schon waren sie umringt und festgehalten. Und so fanden die Mörder für ihre ruchlose Tat den verdienten Lohn.

Auf dem Kirchhof zu Büttel steht heute noch ein verwitterter Grabstein, auf dem man aber, wenn man sich die Mühe dazu nimmt, noch die Inschrift lesen kann:

ANNO 1618 DEN 27STEN OKTOBER
IN DER NACHT THO 2 UHR
YS DER IRSOME UND VORNEME
HAKE BETKEN
UP DEN LESUMER FELDE ERBAERM
LIK VON DEN NACHBENANNTEN
DRE MORDERS ERMORDET
BEROVET UND BESTAHLEN

SINER SEELEN GOTT GENEDIGH IS

DES VAGEDES SONE THO WREM
WILLEM FRESE UND JOHANN HILLI
KEN UTH BOLKAW UND FRERICH RIN
SEL VAN BERLIN UTH DE MARKE

GOTH GEWE DEN MORDERN
EHR VERDEENDE LOHN

Und wenn man genau hinsieht, kann man in den Ecken des Grabsteins kleine verwitterte Bilder erkennen, Vögeln ähnlich. Das sind Hake Betkens »Tauben«.

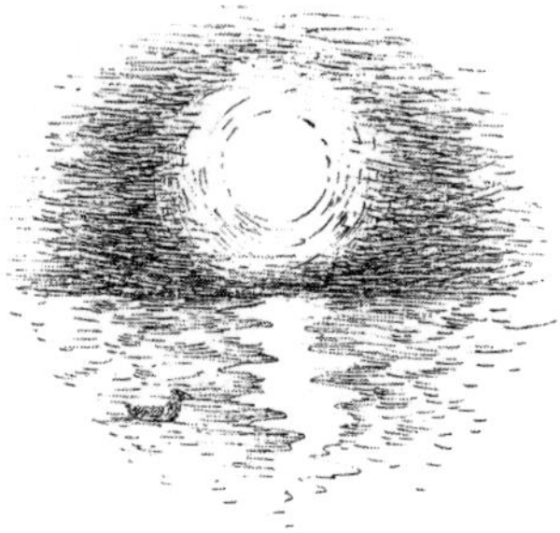

Das grüne Messer

In der Nähe von Uttersum, auf der Insel Föhr, befand sich ein alter Grabhügel, der zu dem Besitztum des jungen Bauern Jens Sieke gehörte, und als dieser einmal dort ackerte, stieß seine Pflugschar auf etwas Hartes. Da bückte er sich, denn er meinte, es müsse ein Stein sein – doch als er ihn aufnehmen und von seinem Acker entfernen wollte, hielt er ein dolchartiges Messer in der Hand. Es war von einer seltsamen grünen Farbe. »Sonderbar«, dachte er »ein solches Messer habe ich noch nie gesehen!« Und er steckte es in die Tasche.

Im Dorf zeigte er den Fund allen Leuten, aber niemand wußte, wem er gehören könne. Bis eine alte Frau dazukam, das Messer betrachtete und sagte: »Das muß ein Odderbaantjes-Messer sein.«

»Ein Odderbaantjes-Messer?« fragte der junge Bauer, und er sah die Alte ungläubig an.

»Hast du noch niemals von den Odderbaantjes gehört«, gab sie zurück. »Von dem kleinen Volk der Unterirdischen, das den Hügel vor dem Dorf bewohnt? Mir hat meine Großmutter von ihnen erzählt, als ich noch ein Kind war. Da haben sie einem Bauern großes Glück gebracht. Denn eines Tages fand er ein merkwürdiges Ding auf seinem Acker, klein und zierlich und ebenso grün wie dieses Messer hier. Er konnte sich nicht vorstellen, wozu es dienen solle, dachte sich aber, daß es einem Odderbaantje gehören müsse. Er legte es also, da er Mitleid hatte mit dem Eigentümer, auf einen großen Feldstein, der am Rande des Hügels aus der Erde ragte; und weil es zerbrochen war, tat er noch einige Nägel und ein Stück Eisenblech dazu.

Am nächsten Tage, als er wieder zur selben Stelle kam, war das Ding verschwunden. Dafür fand er auf dem Feldstein einen zierlichen Laib Brot, den der Zwerg aus Dankbarkeit hingelegt hatte. Er nahm ihn mit. Da ihm die Sache aber nicht ganz geheuer war, gab er ihn zu Hause seinem Hund zu fressen. ›Das Tier ist ja schon alt‹, dachte er, ›und wenn ihm etwas geschieht, ist der Schaden nicht allzu groß.‹

Am andern Morgen sprang ihm der Hund, der sonst immer träge und faul unter der Ofenbank lag, munter wie ein junges Tier entgegen und leckte ihm die Hand. Und als er das Maul aufsperrte, sah der Bauer voller Staunen, daß ihm über Nacht die schon längst verlorenen Zähne nachgewachsen waren. ›Das muß von dem Brot gekommen sein‹, dachte er, und er bedauerte, daß er es nicht selbst gegessen hatte.

Wie groß war daher seine Freude, als er am nächsten Morgen wieder solch zierlichen kleinen Laib auf dem Feldstein fand. Er aß nun Tag für Tag das Brot, das die Zwerge ihm schenkten, und er ist über hundert Jahre alt geworden, ohne einen einzigen Tag krank zu sein. Als er starb, hatte er noch alle Zähne und sein ungebleichtes Haar. Auch wäre er vielleicht überhaupt nicht gestorben – aber als er an einem sehr stürmischen Tag gar keine Lust hatte, auf den Acker zu sehen, und sich schlafen legte, ohne von dem Brot gegessen zu haben, da ist er am anderen Morgen nicht mehr aufgewacht.«

Jens Sieke dankte der alten Frau für ihre Geschichte und ging nachdenklich nach Haus. ›So also steht es‹, dachte er bei sich. ›Nun, da werde ich mich etwas klüger anstellen als jener Bauer. Denn ein Laib Brot am Tage – was ist das schon, wenn man davon zwar hundert Jahre alt wird, dabei aber doch ein armer Schlucker bleibt?‹

Am nächsten Morgen ging er bereits vor Tau und Tag auf seinen Acker, stellte sich mitten auf den Hügel und rief so laut er konnte nach allen vier Himmelsrichtungen: »Jens Sieke hat ein Odderbaantjes-Messer gefunden! Jens Sieke hat ein Odderbaantjes-Messer gefunden!« Er legte es aber nicht auf einen Feldstein, sondern hielt es zu Hause wohl verwahrt.

Als er des Abends an seinem Tische saß und seine Grütze löffelte, klopfte es an die Tür, und auf sein »Herein!« trat ein kleines altes Männchen in die Stube. Es trug eine Kiepe auf dem Rücken, die es sogleich auf die Ofenbank stellte, und bot seine Ware feil.

»Kann dir nichts abkaufen!« sagte Jens mürrisch. »Hab keinen roten Heller in der Tasche!« Und er griff zum Brotmesser, um sich eine Scheibe Schwarzbrot abzuschneiden.

»Was hast du denn da für ein schartiges Messer!« rief der kleine Mann. »Sieh meine dagegen. Die feinste Ware. Und … wenn du kein Geld hast, tausche ich auch ein paar alte Messer gegen ein neues!«

Da merkte Jens Sieke, woher der Wind wehte, ging zum Spind, holte das grüne Messer hervor und hielt es dem Männlein vor die Augen.

»Das alte Ding?« sagte der Kleine geringschätzig. Doch dann, wie nach kurzem Überlegen: »Nun gut, weil du es bist, sollst du für das und das Brotmesser ein neues haben. Doch Jens hatte scharf aufgepaßt, und er hatte die Augen des Kleinen funkeln sehen, als er ihm das grüne Messer zeigte. Er ging damit wieder zum Spind und schloß es ein. »Ich will es lieber behalten«, sagte er dabei.

»Und für Geld?« fragte das Männchen und legte einen Taler auf den Tisch. Jens schüttelte den Kopf. »Auch nicht um viel Geld?« fragte der Alte dringlicher, und er zählte gleich hundert Taler auf.

»Auch dafür nicht«, antwortete der junge Bauer. »Nur wenn du machen kannst, daß ich in jeder Furche, die ich ackere, ein Goldstück finde, sollst du das Messer haben – und anders nicht.«

Der Alte mochte sagen, was er wollte, Jens ging von seiner Forderung nicht ab, und endlich gab der Zwerg das verlangte Versprechen.

Da erhielt er sein Messer, und kaum hatte Jens es ihm in die Hand gedrückt, war er auch schon verschwunden. Jens Sieke aber wollte gar nicht erst den Morgen abwarten, sondern ließ den Grützbrei stehen und eilte auf seinen Acker.

Der Mond stand am Himmel, und es war ein heller Abend, so daß er keine Mühe hatte, in jeder frisch gepflügten Furche das Goldstück zu finden. Deshalb hörte er auch nicht eher auf, als bis der Mond untergegangen war und die Dunkelheit ihn zum Heimgehen zwang. Und in allen seinen Taschen klimperten die Goldstücke.

Am nächsten Morgen machte er sich schon mit der ersten Dämmerung auf und ackerte bis in die tiefe Nacht. Und bald wählte er zum Pflügen die kleinen Feldstücke bei den Tribergem. Denn dort waren die Furchen nur kurz.

Tagaus, tagein pflügte er nun dort, und er kümmerte sich weder um Aussaat noch um Ernte. Nachts aber gönnte er sich auch keine Ruhe, sondern zählte unablässig sein Gold. Niemand durfte sein Zimmer betreten, und er war mürrisch und abweisend zu seiner Frau und zu seinen Kindern, und alle dachten, er habe den Verstand verloren. Der Hof verkam, die Wirtschaft ging zurück, und die Frau wußte bald nicht mehr aus noch ein.

Da aber die Gier nach Gold dem Mann bei Tag und bei Nacht keine Ruhe ließ, nahm er sich selbst zum Essen keine Zeit. Und so schwand seine Lebenskraft dahin, und es dauerte nicht lange, da fand man ihn tot hinter seinem Pflug in der Furche liegen.

Als die Angehörigen sein Zimmer betraten, das er vor ihnen immer so sorgsam verschlossen gehalten hatte, staunten sie nicht wenig: Sie fanden drei bis zum Rand mit Goldstücken gefüllte Truhen darin.

Die Frau benützte das Geld, um die so arg vernachlässigte Wirtschaft wieder in Schwung zu bringen. Und als die Söhne herangewachsen waren, rissen sie die alte Kate ab und bauten ein stattliches neues Haus und große Stallungen. Aber auch ihnen brachte das Zwergengold auf die Dauer kein Glück. Eine Sturmflut kam und vernichtete alles in einer

Nacht: Die Gebäude stürzten ein, das Vieh ertrank, und die Äcker wurden verwüstet.

Ob Jens Siekes Söhne bei jener Flut mit ums Leben gekommen sind oder ob sie das Land ihres Vaters verließen und in die Fremde zogen, weiß man nicht zu sagen. Jedenfalls ist ihr Geschlecht auf Föhr erloschen, und nur der Hügel, den man den Siekesberg nannte, hat noch eine Zeitlang ihren Namen bewahrt – bis man ihn abtrug, um mit seiner Erde die Deiche zu verstärken. Die kurzen Hochäcker auf den Tribergem aber, die vom Pflügen Jens Siekes herrühren sollen, sind erhalten geblieben bis auf den heutigen Tag.

Der Fliegende Holländer

Auf der Suche nach dem Seeweg nach Indien, dem Wunderland der Gewürze und Edelsteine, war Columbus zwar nicht ans ersehnte Ziel gekommen, sondern er hatte den bisher unbekannt gewesenen Erdteil Amerika entdeckt. Und erst als es einem anderen kühnen Seefahrer, dem Portugiesen Diaz, gelang, Afrika zu umsegeln, war der Seeweg nach Indien gefunden.

Die Schiffahrt dorthin blieb jedoch nicht portugiesisches Vorrecht. Auch die Völker der Nordsee sandten ihre Schiffe auf die weite und gefahrvolle Reise, denn groß waren die Reichtümer, die der Handel mit Ostindien den Kauffahrern einbrachte.

Im 17. Jahrhundert waren es vor allem die Holländer, die auf der Inselwelt des Indischen Ozeans ihre Niederlassungen gründeten und mit vielen Schiffen den Verkehr nach diesen fremden Ländern aufrecht erhielten, um sich an ihren Schätzen zu bereichern.

Eine Fahrt von Amsterdam nach Java dauerte in jenen Zeiten wenigstens acht Monate. Denn die auf den Weltmeeren herrschenden Winde und Strömungen waren den Schiffern von damals noch nicht so bekannt, wie sie es heute sind, und ein vorsichtiger Steuermann ließ am liebsten die Segel einziehen, sobald der Abend zu dunkeln begann.

Nun lebte zu Anfang des siebzehnten Jahrhunderts ein holländischer Schiffer, dem diese Art Seefahrt nicht behagte. Er war ein überaus kühner und unternehmender Mann und dabei von einer außergewöhnlichen Körperkraft. Und er ließ seine Masten, damit sie auch den heftigsten Stürmen standhalten konnten, mit Eisen verstärken und fuhr so bei jedem Wind und jedem Wetter mit vollen Segeln, ob Tag war oder Nacht. Auch kannte er Strömungen und Winde besser als andere, und so kam es, daß er die Reise nach Indien und zurück, für die man sonst weit mehr als ein Jahr benötigte, binnen acht Monaten bewältigte.

Er konnte das aber nur, weil er überaus rücksichtslos war und von seiner Mannschaft Unmenschliches forderte. Wenn nicht alles nach seinen Wünschen ging, fluchte und tobte er wie unsinnig und verhängte die grausamsten Strafen, so daß kein Matrose die Fahrt mit ihm ein zweitesmal machen wollte und es überall hieß, der Schiffer sei im Bunde mit dem Bösen.

Einst fuhr er wieder von Amsterdam aus, und er hatte eine gute und rasche Fahrt, bis er an das Kap der Guten Hoffnung kam. Dort aber erhob sich ein Sturm, wie selbst er noch keinen erlebt hatte. Das Schiff, das wie immer mit vollen Segeln fuhr, wurde von einer Seite zur andern geworfen, und allen seinen Leuten schien der Untergang unvermeidlich. Sie beschworen ihn, die Segel zu reffen und in einer Bucht Schutz zu suchen – er jedoch erklärte, er weiche nicht eine Handbreit vom Wege ab. Da wollte ihn seine Mannschaft zum Nachgeben zwingen. Eine Meuterei brach aus, und die Beherztesten gingen mit geballten Fäusten auf ihn los. Er jedoch packte den Vordersten an der Brust und stieß ihn ins Meer – und kein zweiter wagte ihm zu nahen.

Kaum aber hatten die Wellen den Unglücklichen verschlungen, als sich eine unheimliche schwarze Wolke auf das Schiff niederließ und alles mit einem Mal in tiefste Dunkelheit hüllte. Und plötzlich zerriß ein greller Blitz die Finsternis, und vor ihnen ragte ein steiler Berg aus dem Wasser.

»Das ist das Kap der Stürme!« riefen die Matrosen verzweifelt, »wir sind verloren!«

Da löste sich aus der Wolke eine unförmige, riesige Gestalt. Eingesunken waren die Augen, fahl das Antlitz, die Haare voller Erde, und aus dem schwarzen Mund streckten sich, Hauern gleich, lange gelbe Zähne hervor.

Dieser Dämon ging auf den Kapitän zu: »Willst du wohl umkehren?« rief er mit fürchterlicher Stimme.

»Ich denke nicht daran!« trotzte der Holländer. »Und wenn ich bis zum Jüngsten Tag hier im Sturm kreuzen müßte, umkehren werde ich nicht!«

Und er griff nach seiner Pistole, zielte auf den Eindringling und schoß – aber die Kugel durchbohrte nur seine eigene Hand.

»Verfluchter!« schrie der Geist, »gilt dir das Leben deiner Männer denn gar nichts? Doch es soll nicht ein einziger Mensch deinetwegen noch umkommen! Segle du immerhin über alle Meere, so lange es Ebbe und Flut gibt – aber allein!«

Und die Gestalt hüllte sich wieder in eine dunkle Wolke, die von einem Sturmwind ergriffen und landeinwärts getrieben wurde, und als die Finsternis schwand und der Kapitän sich umblickte, war die gesamte Mannschaft seines Schiffes verschwunden.

Man sagt, daß seit jener Zeit der Kapitän ruhelos auf allen Meeren kreuzt. Immer fährt er mit vollen Segeln im Sturm, niemals läuft er einen Hafen an.

Manche Schiffer behaupten, ihn gesehen zu haben, und es heißt, eine Begegnung mit ihm verkünde kommendes Unwetter. Ja, der eine und andere Seefahrer erzählt sogar, daß der Unselige ganz nahe an ihn herangekommen sei, beigedreht und ihn gebeten habe, Briefe zu bestellen. Aber die Briefe seien alle an Leute gerichtet gewesen, die schon seit mehr als hundert Jahren tot waren.

So ist sein Andenken bei den Schiffern der Nordsee bis heute nicht vergessen. Sie nennen ihn – den Fliegenden Holländer.

Das Fest auf dem Eise

Der Winter war streng. Schon seit Wochen hatte ein kalter Nordostwind geweht, und das Wattenmeer war dick zugefroren von der Festlandküste bis hinüber zur Insel Nordstrand. Darüber freuten sich die Husumer, und als der Wind sich legte, beschloß der Rat der Stadt, auf dem Eise ein Fest zu veranstalten. Zelte wurden aufgeschlagen, Musikanten spielten frohe Weisen, die Jugend vergnügte sich auf Schlittschuhen, die Älteren ließen sich auf Stuhlschlitten fahren, Wein und Bier wurde ausgeschenkt, und die Lustbarkeit hatte die Bewohner der ganzen Stadt hinausgelockt.

Alle, bis auf einen einzigen: eine alte Frau, die krank und gebrechlich war und das Bett hüten mußte. Trotzdem aber konnte sie wenigstens ihre Augen an all dem frohen Treiben weiden, denn ihre Hütte stand unmittelbar am Deich, und sie hatte sich ihre Lagerstätte ans Fenster rücken lassen.

Tiefblau strahlte der Himmel, die Menschen genossen den stillen, sonnigen, frostklaren Tag, und selbst durch den rasch hereinbrechenden Abend ließen sie sich nicht vom Eise vertreiben, denn der eben aufgehende, fast volle Mond leuchtete ihnen hell und steigerte noch ihre frohe Stimmung.

Da erspähte die Alte, die von ihrem Fenster aus weit über die See hinaus sehen konnte, plötzlich am westlichen Himmelsrand ein zunächst ganz unscheinbares Wölkchen, das jedoch rasch über die Kimmung heraufstieg und dabei größer und größer wurde. Und da sie eines Schiffers Witwe war und ihren Mann auf seinen weiten Fahrten oft begleitet hatte, kannte sie alle Zeichen von Wetter und Wind. Und als die Wolke vor ihren Augen zusehends wuchs, wußte sie, daß mitten in die Windstille hinein binnen kurzer Zeit ein Sturm aufkommen und eine schwere Flut über das Eis hereinbrechen müsse. Darum riß sie das Fenster auf und schrie in die Nacht hinaus – aber ihre Stimme war zu schwach, als daß man sie draußen in dem Jubel und Trubel hätte hören können.

Verzweiflung packte sie. Nicht mehr lange, und die Flut mußte kommen, und um die Menschen drüben auf dem Eise war es geschehen – Husum würde eine entvölkerte Stadt sein!

Schon erhob sich die zusehends wachsende Wolke riesengroß am westlichen Himmel, schon zeigten sich die ersten Stöße des aufkommenden Windes, und in ganz kurzer Zeit würde der Sturm verheerend losbrechen. Da nahm die Alte ihre ganze Kraft zusammen, wälzte sich vom Lager, kroch auf Händen und Füßen zum Ofen, ergriff ein brennendes Scheit Holz und schleuderte es ins Stroh ihrer Bettstatt. Die stand im Nu in hellen Flammen, und während diese wie rasend um sich griffen, gelang es der Gebrechlichen mit Mühe und Not, sich zur Türe zu schieben, sie aufzustoßen und dem Feuer zu entkommen.

Sofort sahen sie auf dem Eise den Flammenschein, und »Feuer! Feuer!« rief es von allen Seiten. Im Nu leerten sich die Zelte, die Schlittschuhläufer flogen dem Strande zu, die Schlitten setzten sich in Bewegung – denn wenn es nicht rasch genug gelang den Brand zu löschen, konnte er um sich greifen und vielleicht gar die ganze Stadt einäschern!

Zwar verdunkelte die schwarze Wolkenwand den Mond, doch wie ein Leuchtturm zeigte das flammende Häuschen der Alten den Husumern den Weg zum Strande. Und kaum hatten die letzten den sicheren Boden betreten, da wälzte auch schon die Flut ihre Wogen über das Eis und riß alles, was zurückgeblieben war – Zelte und Wagen, Tonnen und Gerät – in ihre rauschenden Wirbel!

So war durch die Opfertat der alten Mutter das Leben ihrer Mitmenschen gerettet worden. Darum hielt man sie in hohen Ehren, und man ließ ihr alle Liebe zuteil werden bis an ihr Ende.

Die beiden Freunde

In Emden wohnten zwei junge Männer, die von Kind auf eng miteinander befreundet waren. Zusammen hatten sie die Schule besucht, zusammen manchen Streich ausgeheckt und immer Freud und Leid miteinander geteilt. Doch ihre Freundschaft bekam einen tiefen Riß, als sie bemerkten, daß sie beide dasselbe Mädchen liebten.

Erich hatte mehr Glück bei der schönen Gina als Peter, und es dauerte nicht lange, da hielt er mit ihr Hochzeit. Peter aber meinte, er könne nicht dieselbe Luft atmen wie das glückliche junge Paar, deshalb ließ er sich auf einem Schiff anheuern und brachte zwischen sich und die beiden das weite Weltmeer.

Erich freilich, obwohl auch er schon immer den Wunsch gehabt hatte, später einmal zur See zu fahren, mochte sich keinen Tag von seiner Frau trennen. Er blieb daher in seiner Vaterstadt und nahm die Stelle eines Hafenwärters an.

Gina schenkte ihrem Manne im Laufe der Jahre drei Kinder. Nach der letzten Geburt aber wurde sie so schwer krank, daß Erich für ihr Leben fürchtete. Sie lag lange Zeit hindurch siech und brauchte häufig ärztliche Hilfe und teure Arzneien. Der karge Lohn ihres Mannes reichte aber dafür nicht aus, und die Familie geriet in die größte Not.

Eines Tages – es mochten an die zehn Jahre vergangen sein – hieß es, Peter sei zurückgekehrt. Aber nicht als der Habenichts, als der er ausgefahren war, sondern als Kapitän auf einem eigenen großen Segler. Er hatte in der Fremde sein Glück gemacht.

Darüber freute sich Erich, denn er gönnte dem Freund alles Gute. Auch nahm er an, daß Peter in der langen Zeit seine Enttäuschung überwunden hätte und ihm die Hand zur Versöhnung reichen würde. Ja, im stillen hoffte er sogar, daß der Freund ihm aus der Not helfen werde. Und so ging er voller Zuversicht zu ihm.

Peter jedoch empfing ihn kalt. »Von mir erwartest du Hilfe?« sagte er bitter, »von mir, dem du das ganze Lebensglück zerstört hast? Nein, mein Lieber, das geht zu weit. Sieh du nur zu, wie du dir selber hilfst. Wie man sich bettet, so liegt man!«

Und es hielt Peter auch nicht lange in der Heimat. Bald segelte er wieder über die sieben Meere, und man hörte lange Zeit nichts von ihm.

Nach Jahren erholte sich Gina wieder von ihrer schweren Krankheit, und auch die Kinder wuchsen heran und begannen schon selbst ihr Brot zu verdienen, so daß die Not der Hafenwärtersfamilie allmählich ein Ende nahm.

Da aber traf sie ein neues Unglück: Das Schiff, auf dem sich ihr Ältester hatte anheuern lassen, wurde überfällig. Zunächst waren es Wochen, dann wurden Monate daraus.

Den Hafenwärter erfaßte eine tiefe Unruhe. Immer, wenn ein Segel am Himmelsrand auftauchte, erwachte in ihm neue Hoffnung, die aber gleich wieder dahin sank, sobald er erkannte, daß das Schiff gar nicht das ersehnte war. Und so viel er auch fragte und nachforschte – keiner von all den zahlreichen Seefahrern, die den Hafen anliefen, konnte ihm Kunde geben von dem verschollenen Schiff und seiner Besatzung. So mußte man schließlich annehmen, daß sie alle einem Schiffbruch zum Opfer gefallen waren.

Da zeigte sich an einem sehr stürmischen Tag wieder ein großer Segler am Eingang des Hafens. Er war schon so nahe, daß man ihn deutlich erkennen konnte. »Peters Schiff!« sagte Erich zu sich, und Bitterkeit überfiel ihn bei dem Gedanken an die Unversöhnlichkeit des Freundes.

Der Sturm aber wuchs zum Orkan, und plötzlich gab der Segler Notzeichen.

Erich sah angestrengt hinaus. Kein Zweifel, das Schiff mußte leck sein, es lag mit starker Schlagseite schon ganz schräg, konnte sich kaum mehr lange über Wasser halten.

Einen Augenblick schwankte der Hafenwärter. »Jetzt!« schoß es ihm durchs Herz, »jetzt kannst du Gleiches mit Gleichem vergelten! War es ihm damals nicht alles eins, ob du mit den Deinen verdarbst?«

Aber mit einer Handbewegung tat er die Anfechtung von sich.

In kürzester Zeit holte er eine Rettungsmannschaft zusammen, sprang selbst als erster ins Boot, und unter Einsatz ihres Lebens ruderten die unerschrockenen Männer dem Schiff entgegen.

Von der Kommandobrücke aus erkannte Peter in dem zu Hilfe kommenden Boot den Freund, und eine tiefe Röte schoß ihm ins Gesicht. Dann aber legte er die Hände an den Mund und rief, so laut er konnte: »Dein Sohn ist an Bord – dein Sohn!«

Ehe das Schiff sank, konnte die ganze Mannschaft gerettet werden, und Vater und Sohn lagen sich in den Armen. Als letzter aber sprang Peter ins Boot, und als Erich ihm die Hand entgegenstreckte, faßte er sie und hielt sie lange in der seinen.

Kein Wort konnten sie sprechen. Doch alles, was zwischen ihnen stand, fiel von ihnen ab in diesem einen Augenblick.

König Radbods Handschuhe

Gar lang ist's her! Da war einmal ein Bauer, der wohnte in Friesland nicht weit von Aurich. Der sagte immer: »Das will ich!«, wenn er etwas von andern Leuten haben wollte – wenn aber andere Leute etwas von ihm haben wollten, sagte er: »Nein, das will ich nicht!«

Dieser Bauer hatte eine Tochter, Wübkedina hieß sie, die war so rank und schlank wie ein Tannenbaum und frisch wie ein Blumenbeet nach einem Mairegen. Und in die verliebte sich Folkert Hansen, der saß auf einem schönen großen Hof in Osterlook und war ein Kerl, dem die ganze Welt gehörte.

Er ging zu Wübkedina und fragte sie: »Paßt du zu mir? Paß ich zu dir?«

»Ja ja«, antwortete Wübkedina.

Da nahm er sie an der Hand, trat mit ihr vor den Bauern, ihren Vater, und sagte: »Bauer Remmert Hardekopp, deine Tochter will mich und ich will deine Tochter. Sag ja dazu!«

»Nein, das will ich nicht!« antwortete der Bauer. »Was willst du denn?« fragte Folkert Hansen.

»Tabak will ich rauchen aus König Radbods Pfeife! Und weil ich das nun mal nicht haben kann, sollst du auch meine Tochter nicht haben!«

»Aber Vater!« rief Wübkedina, und das Blut schoß ihr ins Gesicht. Doch Folkert Hansen schob sie beiseite und stellte sich breitbeinig vor Remmert Hardekopp hin: »Nun sag mir eines, Bauer: Wenn ich dir dazu verhelfe, daß du wirklich Tabak rauchst aus König Radbods Pfeife, kann ich dann deine Tochter haben?« – »Ja, dann sollst du sie kriegen!« – »So erzähl mir, wer König Radbod ist, und wo er wohnt!«

»Das kann ich dir ganz genau sagen. Denn es träumte mir heut Nacht. Da war ich in König Radbods Haus und stand vor seiner Stubentür. Hörte ihn schnarchen. Aber aufgewacht ist er nicht, hereingelassen hat er mich nicht. Ich habe ihn auch nicht gesehen und seine Pfeife nicht geraucht.

Und du weißt wirklich nicht, wer König Radbod war? Dann will ich's dir erzählen. Tausend Jahre ist's her und noch länger, da regierte er über alle Friesen und war noch ein alter Heide. Aber Kaiser Karl kam mit zehn Priestern daher, und alle zehn Priester hatten ein Kruzifix in der Hand, und die redeten so lange auf König Radbod ein, bis sie ihn dahin gebracht hatten, daß er sich taufen lassen wollte.

Schon stand er mit einem Bein im Taufwasser, wollte eben das zweite hineinstellen, da sagte der eine Priester zu ihm: ›Ein Glück für dich, König Radbod, daß du dich taufen lassen willst, denn so kommst du nach deinem Tod in den Himmel!‹ – ›Und wenn ich mich nicht taufen ließe?‹ – ›Kämest du in die Hölle!‹ – ›Und wo sind meine Vorfahren alle, die ungetauft starben?‹ – ›Nun ... wo sollten sie anders sein als in der finstersten Hölle?‹

Da zog König Radbod schleunigst den Fuß aus

dem Wasser und rief: ›Tausendmal lieber mit den Meinen in der Hölle als mit euch im Himmelreich!‹

So ist ihm das Tor zum Himmel denn verschlossen geblieben; aber auch der Teufel hat keine Macht über ihn gewonnen, und er ist auch gar nicht gestorben, sondern er sitzt bei Ochtersum in einer Wurte. Bei Tag schläft er, doch des Nachts ist er wach und raucht seine Pfeife.

Wer also zu ihm hin will, der muß sich vor seine Wurte stellen und rufen:

›Wurte, tu dich auf vor einem friesischen Mann, damit er mit König Radbod reden kann!‹

Das kannst du ja mal versuchen. Und wenn sich der Hügel auftut und du ihn zu sehen bekommst, wird er ja wohl Mitleid mit dir haben und dir seine Pfeife geben.«

Da bedankte sich Folkert Hansen, und in der nächsten Nacht ging er in die Ochtersumer Marsch und suchte König Radbods Wurte – aber dort waren ihrer so viele, daß er nicht wußte, welche davon die richtige sei.

Bei der ersten blieb er stehen, und als ein Fuchs vorbeistrich, fragte er: »Ist dies König Radbods Wurte?«

»Nein!« antwortete der Fuchs.

Da ging er zur zweiten hin, dort hockte eine alte Krähe, die fragte er: »Ist dies hier König Radbods Wurte?«

»Quark!« sagte die Krähe.

So wußte er, daß auch diese nicht die richtige war, und er ging zur dritten. Auf der stand eine Linde, und in ihrem Geäst erblickte er eine Eule, die ihn mit glühenden Augen anstarrte. »Ist dies die Wurte, in der König Radbod sitzt?« fragte er.

Die Eule antwortete gar nichts, aber sie nickte mit dem Kopfe, und so wußte er, daß er gefunden hatte, was er suchte.

Er wartete also, bis es von allen Kirchtürmen in der Runde Mitternacht schlug. Dann sagte er:

»Wurte, tu dich auf vor einem friesischen Mann, damit er mit König Radbod reden kann!«

Donner, wie wurde ihm da zumute! Ein tiefer Spalt tat sich vor seinen Füßen auf, und er sank und sank, und es war ihm, als stecke er in einem dunklen Sack, und er wußte nicht, ob er träume oder wache.

Als er wieder zu sich kam, stand er vor einer Türe, die aus klobigen eichenen Balken gezimmert war. Einen Augenblick lauschte er, ob er ein Schnarchen hörte, aber alles blieb still. Nun, wenn er nicht schnarcht, wird er ja wohl wach sein, dachte Folkert Hansen, und er faßte Mut und klopfte an.

»Herein!« rief es von drinnen mit einer Stimme, die so rauh und grob war wie des Igels Stachelfell.

Und die Türe quietschte in den Angeln, und Folkert Hansen trat ein, und da saß im Armstuhl ein graubärtiger Alter, der aussah, als ob der Teufel ihn siebenmal durch die Hölle geschleift hätte.

»Guten Abend, König Radbod!« sagte Folkert Hansen. »Wer bist du?« fragte der alte König.

»Ich bin Folkert Hansen aus Osterlook!«

»Und was willst du?«

»Ich möchte gern deine Pfeife haben.«

»Was ist das, eine Pfeife?«

»Da raucht man doch Tabak draus.«

»Was ist das, Tabak?«

»Das sieht aus wie Torf, aber wenn es glimmt, riecht es wie Honig und Apfelmus.«

»So einen Tabak kenne ich nicht, und so eine Pfeife habe ich nicht.«

»Wie … du hast gar keine Pfeife? Und … Remmert Hardekopp sagte doch: König Radbod sitzt in seiner Wurte und raucht jede Nacht eine Pfeife Tabak.«

»Wenn er das sagt, dann lügt er. In der Nacht gähne ich bloß. Und ich freue mich, wenn es Tag wird und ich wieder schlafen kann. – Aber was willst du denn mit meiner Pfeife?«

»Ich selber gar nichts! Aber Hardekopp hat sich in den Kopf gesetzt, einmal aus deiner Pfeife zu rauchen, und wenn er das nicht kann, dann kriege ich auch seine Tochter nicht zur Frau.«

»Ach so ist das«, sagte der alte König und lachte. »Nun versteh ich – nun begreif ich! Na dann geh nur, mein Sohn, und grüße Remmert Hardekopp von mir – und sag ihm, zu König Radbods Zeiten haben die Menschen noch keine Pfeifen gehabt und wußten noch nichts vom Tabakrauchen.«

»Ich bitte dich, schreib mir das auf«, sagte Folkert Hansen, »sonst glaubt es mir der Bauer im Leben nicht.«

»Schreiben? Was du nicht alles willst«, antwortete der König. »Das habe ich nicht gelernt. Zu meiner Zeit schrieben nur die Priester.«

»Dann gib mir wenigstens deine Krone mit! Wenn er die sieht, wird er mir ja wohl glauben.«

»Daraus kann nichts werden«, sagte Radbod. »Was ein rechter König ist, der kann alles weggeben, nur seine Krone gibt er nicht her. – Aber helfen will ich dir dennoch, daß du des Bauern Tochter kriegst. Du gefällst mir, weil du kein Hasenfuß bist. Hier, meine Handschuhe, die geb ich dir mit – und wenn Remmert Hardekopp dann immer noch mit Nein antwortet, sollst du sehen, was geschieht.«

»Und wann soll ich sie dir wiederbringen?«

»Gar nicht! Die kommen schon von selber zu mir zurück.«

Als der König das gesagt hatte, griff er in seine rechte Tasche und in seine linke Tasche, und aus jeder zog er einen Handschuh heraus. Mensch, waren das Handschuhe! Aus Wisentleder waren sie gemacht und so hart und schwer wie Holzpantoffeln.

»Ich dank dir auch schön!« sagte Folkert Hansen.

»Keine Ursache«, meinte König Radbod. »Nun leb wohl! Und zieh die Handschuhe gleich an, den einen rechts, den andern links – ja, so ist's richtig – und nun sage laut: ›Guten Tag, Remmert Hardekopp!‹«

»Guten Tag, Folkert Hansen!« sagte da einer, und das war niemand anderes als der Bauer Hardekopp selbst. »Nanu, schon wieder zurück von König Radbod?«

»Ja, Bauer.« – Folkert Hansen brachte die Worte kaum heraus, so erschrocken war er. Wie ging denn das nur zu, daß er schon zurück war? Und er hatte doch gar nichts davon gemerkt?! »Und wo ist die Pfeife?« – »Ja ... hm ... die Pfeife! Also ... König Radbod läßt dich grüßen – und eine Pfeife habe er gar nicht, und rauchen tue er auch nicht. Zu seiner Zeit sei das noch nicht Mode gewesen.«

»Ach was – das kann jeder sagen! Und du bist ein Lügenbeutel! Du hast König Radbod gar nicht gesehen! Und wenn er keine Pfeife gehabt hat, hätte er dir doch etwas mitgeben können von seiner Hand, daß du es schriftlich hättest!«

»Das – hat er auch getan! Von seiner Hand hat er mir Handschuhe gegeben. Hier sind sie! Und dir läßt er sagen: Nun sollst du Folkert Hansen deine Tochter geben.«

»Nein, das will ich nicht!« sagte Remmert Hardekopp. Aber kaum hatte er das gesagt, da fuhren auch schon König Radbods Handschuhe von Folkert Hansens Händen herunter, griffen dem Bauern unter die Arme, und mit einem Mal schwebte er hoch in der Luft. Donner, wie erschrak er da!

Und er hörte eine Stimme, tief unter der Erde her: »Du Lump, wenn ich auch in meiner Wurte sitze, König von Friesland bin ich doch. Willst du wohl tun, was ich dir befehle!«

»Ja … das will ich«, sagte Remmert Hardekopp, und da stand er auf einmal wieder auf dem Fußboden seiner Stube.

König Radbods Handschuhe aber waren verschwunden.

Wie Bremen gegründet wurde

In alter, alter Zeit, als es in Deutschland noch mehr Wald und Sumpf und Heide gab als bebautes Land, fuhr ein Floß die Weser hinunter, auf dem Männer und Frauen und Kinder saßen. Man sah es ihnen an, daß sie Flüchtlinge waren; Flüchtlinge, die, von Feinden überfallen, nicht viel mehr gerettet hatten als das nackte Leben – und die Freiheit, die ihnen über alles ging.

Der Abend senkte sich auf das Wasser, und die Männer machten das Floß fest. Dann gingen sie an Land, um einen Platz für ein Nachtlager zu suchen.

Das Ufer der Weser war hier erhöht durch eine Düne, auf die sie hinaufstiegen und sich umsahen. So weit ihr Auge blickte, war Heideland. Eine menschliche Ansiedlung konnten sie nirgends entdecken.

»Kein schlechter Platz«, meinte der eine. »Hier sollten wir der Fahrt ein Ende machen und uns niederlassen. Auf der hohen Düne sind wir vor allen Überschwemmungen geschützt.« – »Der Boden ist karg!« meinte ein zweiter. – »Aber der Strom gibt uns Nahrung, er wimmelt von Fischen«, ein dritter. – »Und wo finden wir Schutz?« fragte ein vierter. »Nirgends ist Wald, uns zu verbergen, wenn Feinde nahen.«

Einige Frauen waren den Männern gefolgt und hatten deren Reden gehört. Und als der vierte geendet hatte, legte sich ein Schweigen auf die kleine Menschenschar. Ein bedrücktes, sorgenvolles Schweigen! Jeder von ihnen hing schweren Gedanken nach, und die Erinnerung an all die Not und das Verderben, dem sie entronnen waren, ließ sie schier verzagen.

Während die Männer noch stumm vor sich hin blickten, begannen die Frauen den Boden abzusuchen, ob sie nicht etwas Eßbares fänden, Beeren oder Pilze für ihre Kinder, und als eine von ihnen an ein Gebüsch trat und die Zweige etwas zur Seite zog – da glitt ein Lächeln über ihre eben noch so kummervollen Züge. Und lautlos, ohne zu rufen, winkte sie ihre Gefährten herbei.

Die kamen, und auch ihnen erstarb jedes Wort auf den Lippen, denn unter dem Strauchwerk, in eine Vertiefung geschmiegt, saß eine Henne und hielt die Flügel über ihre Küklein gebreitet.

Endlich begann einer der Männer zu sprechen. »Wo eine Henne mit ihrer Brut Zuflucht hat«, sagte er, »da werden auch wir Schutz finden für uns und unsere Kinder!«

So machten die Menschen ihrer Flucht ein Ende und schufen sich eine neue Heimat, errichteten feste Häuser auf der Düne und führten ein Leben als Jäger und Fischer.

Seither sind gut und gern zweitausend Jahre vergangen, vielleicht auch mehr. Die Ansiedlung ist gewachsen und zur stolzen Stadt Bremen geworden, die im Mittelalter der Hanse angehörte, dem mächtigen Städtebund, dessen Schiffe auf allen Meeren fuhren.

Die Bremer aber haben niemals vergessen, wer es gewesen ist, der den Gründern ihrer Stadt Mut einflößte in einer Zeit der Not. Und als sie ihr schönes Rathaus bauten – vor dessen Säulengang sie zum Wahrzeichen ihrer Freiheit das Standbild Rolands aufstellten –, da brachten sie über einem der Bogen das in Stein gehauene Bildnis einer Frau an, die ein Nest in den Händen hält mit einer Henne und ihren Küklein.

Der Roland und der Krüppel

Manche deutsche Stadt hat auf ihrem Marktplatz einen Roland stehen – als Wahrzeichen dessen, daß ihre Bürger einst reichsfrei waren und keinen andern Herrn über sich anerkannten als allein den Kaiser. Einen besonders großen Roland, aus Stein gehauen, haben die Bremer vor ihr Rathaus gestellt, und niemand darf ihn antasten – denn es heißt, dann wär es um die Freiheit der alten Hansestadt geschehen.

Zu Füßen des Roland hockt eine seltsame steinerne Gestalt, der Bremer Krüppel, von dem man sich die folgende Geschichte erzählt.

Als die Stadt Bremen immer volkreicher wurde, gerieten ihre Bewohner in arge Verlegenheit, denn das umliegende Weideland reichte nicht aus, die zahlreichen Herden ihrer Ackerbürger zu ernähren. Darum ritten eines frühen Morgens im Jahre 1032 einige bremische Ratsherren zur Gräfin Emma von Lesum, deren Wiesen an die der Stadt grenzten, und baten sie um Land.

Die Gräfin war durch ihre Freigebigkeit bekannt. Aber der Sachsenherzog Benno, der die Kinderlose nach ihrem Tode beerben sollte, war ein habgieriger Mann, der ständig in der Sorge lebte, sein Reichtum könne ihm geschmälert werden.

Als die Bremer Ratsherren ihre Bitte vortrugen,

war er gerade zugegen, und als Emma von Lesum ihnen zusagend antwortete, sie sollten soviel Land bekommen, wie ein Mann in einer Stunde umschreiten könne, gab es ihm einen Stich ins Herz. »Warum nicht gleich an einem ganzen Tage!« fuhr er unmutig auf.

Die Gräfin, die den habgierigen Verwandten nicht liebte, trat auf ihn zu und sagte spöttisch: »Ihr habt recht, lieber Vetter, ich bin reich genug, es kommt mir auf ein paar Wiesen nicht an. Euer Wort soll gelten!« Und sie ging mit den Ratsherren auch gleich hinaus, um einen Mann zu bestimmen, der sofort mit seinem Marsch beginnen solle – denn sie wollte ihr Versprechen auch unverzüglich in die Tat umsetzen. Mißmutig aber und finsteren Blickes schritt Herzog Benno neben ihr her und dachte krampfhaft darüber nach, was er tun könne, um ihr Vorhaben zu vereiteln.

An einem Kreuzweg hockte ein Bettler. Als die Gräfin mit ihrem Gefolge vorbeikam, bat er sie um eine Gabe. Sie blieb stehen, und während sie dem Bettler ein Geldstück zuwarf, sagte Herzog Benno: »Da ist ja der Mann, den wir suchen! Laßt ihn doch die Grenze abschreiten!« Die Gräfin wußte in diesem Moment der Macht seines herrischen Blickes nichts entgegenzusetzen, und sie nickte zustimmend.

Betreten schwiegen die Ratsherren. Was sollte das heißen? Der Bettler war ja ein Krüppel, war an Armen und Beinen gelähmt, wurde von mitleidigen Menschen früh an seinen Platz gebracht und abends wieder abgeholt – das wußte doch in Bremen jedes

Kind! Reute die Gräfin vielleicht ihr Versprechen? Wollte sie, was sie mit der einen Hand gegeben hatte, mit der andern wieder nehmen?

Und Benno sprach höhnisch zum Bettler: »Steh auf, Freund! Hörst du nicht, um was es hier geht? Die gnädige Gräfin schenkt deiner Stadt soviel Land, wie du bis heute abend umschreiten kannst!«

Erst wußte der Krüppel nicht, wie ihm geschah. Als er aber die Ratsherren erkannte und mit einem Male begriff, was vor sich ging, brannte ein Feuer in seinen Augen auf, und sein Leib straffte sich. Und plötzlich, unter dem Zwang einer verbissenen Entschlossenheit, gelang es ihm, erst den einen Arm zu rühren und dann den andern; sich auf die Füße zu stellen vermochte er nicht. Aber er stemmte seine Arme auf die Erde und zog den Körper nach, und je öfter er es tat, desto schneller ging es, und so kroch er und kroch unermüdlich, ohne auszuruhen. Und als die Bremer Ratsherren sahen, was da geschah, liefen sie eiligst in die Stadt zurück und ließen weiße Pfähle bringen und den Weg des Krüppels damit abstecken.

Als die Glocken von den Türmen Mittag läuteten, konnte man die ersten Pfähle kaum noch sehen – so weit war der Krüppel schon gekommen. Und als er bei Sonnenuntergang am Tore der Stadt wieder anlangte, hatte er einen großen Bogen umschrieben und seiner Vaterstadt viel gutes Land eingebracht. Und zum Dank dafür ließen die Bremer sein Bild in Stein hauen und zu des Rolands Füßen anbringen, wo es noch heutigen Tages zu sehen ist.

Die Sage vom Schiffe Mannigfuald und von der Friesen Ursprung

In alten Zeiten lebten die Friesen weit von ihrer jetzigen Heimat entfernt in einem Küstenstrich des östlichen Mittelmeeres. Einst aber kam über sie eine große Not: Sie wurden von fremden Eroberern bedrängt, die ihnen die Freiheit zu rauben drohten. Die Heerscharen, die in ihr Land einfielen, waren so gewaltig, daß an Widerstand nicht lange zu denken war. Doch liebten die Friesen ihre Freiheit über alles, und sie wollten niemandes Knechte werden. Darum beschlossen sie, lieber ihre Heimat zu verlassen als sich ihren Feinden zu unterwerfen.

Die Friesen waren ein seetüchtiges Volk, und sie besaßen viele Schiffe. Sie fürchteten aber, womöglich durch Stürme auf dem Meer voneinander getrennt und nach verschiedenen Richtungen hin verschlagen zu werden, und so kamen sie überein, alle ihre Schiffe zu einem einzigen zu vereinigen, das alles Volk aufnehmen sollte, mit allem Hab und Gut – weshalb sie ihm, als es fertiggestellt war, den Namen »Mannigfuald« gaben.

Ungeheure Ausmaße hatte dieses Schiff. Sein Vordersteven war wie der Kopf eines riesigen Walfisches gestaltet, und um vom Bug bis zum Heck zu gelangen, brauchte man Wochen. Der Koch, der für die Mannschaft das Essen zubereitete, hatte einen so riesigen Kessel, daß er mit einem Kahn in der Suppe herumfahren mußte, um die Klöße herauszufischen. Und die Matrosen, die mit glattem Kinn in die Rahen stiegen, kamen mit Vollbärten wieder herunter.

Die Friesen waren noch nicht lange unterwegs, als sich unter ihnen ein heftiger Streit erhob. Denn es hatten sich auf dem großen Schiff Mängel herausgestellt, die behoben werden mußten. Die Ansichten darüber, wie dies zu geschehen habe und wer überhaupt der Anführer sein solle, gingen auseinander. Und es wäre wahrscheinlich deswegen noch zum Kampf gekommen – aber ehe die Friesen zu den Waffen greifen konnten, zog ein schweres Gewitter auf.

Nun mußten sie alle ihre Kräfte vereinen, um dem Unwetter die Stirne zu bieten und nicht mitsamt ihrem Schiff in den Fluten unterzugehn. Darum schlossen sie Frieden miteinander, und die wenigen, die sich trotz der drohenden Gefahr immer noch nicht dazu bereit fanden, wurden kurzerhand über Bord geworfen, dem Meeresgott zum Opfer.

Und siehe, kaum war das geschehen, da teilte sich auch schon das dunkle Gewölk am Himmel, und das Sternbild des Orion wurde sichtbar, das ihnen mit seinem Gürtel (den sie Peri-Pikh nannten) den Weg nach Westen wies. Das Meer glättete sich, und über das Schiff legte sich eine feierliche Stille, die nur durch das Plätschern am Bug unterbrochen wurde.

Plötzlich sah man aus dem Meer eine riesige, bleiche, nebelhafte Gestalt aufsteigen. Sie erhob sich über die Wogen, schritt auf das Schiff zu und betrat die Planken. Erschrocken wichen alle Friesen zurück und gaben dem unheimlichen Fremden, dem

das Wasser aus den langen, wallenden Haaren und aus den Gewändern troff, den Weg frei. Und ohne ein Wort an sie zu richten, verschwand er im Rumpf des Schiffes.

Bald vernahm man aus dem Inneren der Mannigfuald Stimmen: eine helle und eine tiefe. Die Menschen lauschten, und sie konnten ab und zu auch einige Worte verstehen. Es klang wie: Gerechtigkeit, Einigkeit, Hoffnung. Da flüsterten sie – denn laut zu reden wagten sie nicht: »Das wird der Uald sein, der mit dem Fremden spricht!« (Der »Uald«, der »Alte«, war der Schutzgeist ihres Volkes, der sie auf dieser gefahrvollen Reise begleitete. Doch keiner hatte ihn je gesehen.)

Als der Morgen graute, kletterten die Beherztesten hinunter in den riesigen Leib des Schiffes. Aber sie fanden niemanden vor und wollten schon enttäuscht wieder hinaufsteigen, als einer von ihnen eine zusammengerollte Ziegenhaut entdeckte. Sie entfalteten die Haut, und sie erblickten auf ihr seltsame Schriftzeichen. Keiner konnte sie deuten, bis endlich einer der Ihren, ein Mann namens Freso, hinzutrat. Er verstand die Schrift zu entziffern und las den andern vor, was auf der Ziegenhaut stand:

»Wenn ihr in das Land kommt,
das euch bestimmt ist,
so richtet euch friedlich ein!

Nicht Gewalttat,
sondern Recht und Gerechtigkeit
herrsche unter euch!

Setzt euch Gesetze!
Küret euch Richter!
Seid einig untereinander!

Dann wird eure Hoffnung
auf eine glückliche Zukunft
sich erfüllen!«

Als Freso diese Worte vorlas und dabei die Haut immer mehr aufrollte, entfielen ihr drei kleine goldene Gegenstände. Weibliche Gestalten waren es – eine hielt Schwert und Waage, die andere Anker und Vogel, während die dritte ein Kind auf dem Arm trug und zwei an der Hand führte. Es waren demnach Sinnbilder der Gerechtigkeit und der Hoffnung und der Einigkeit. Und noch Jahrhunderte später fand man ihre Nachbildungen in den Häusern und auf den Schiffen der Friesen; sie wurden in Holz oder Metall oder in andern Stoffen gearbeitet, als Verzierungen an Wänden oder Truhen angebracht – besonders gern aber an kunstvoll aus Knochen geschnitzten Messergriffen.

Freso wurde umringt und umjubelt. »Lenke du unser Schiff durch die Gefahren des Meeres!« rief es von allen Seiten. »Wir wollen jederzeit deinen Anweisungen gehorsam sein! Und wenn wir wieder an Land sind, werden wir uns Gesetze geben und nach ihnen als freie Menschen leben!«

Da bestieg Freso seinen Hengst, ritt auf der Mannigfuald vom Heck zum Bug und vom Bug zum Heck und sah überall nach dem Rechten. Und den Mängeln, die er entdeckte, wurde abgeholfen.

Freilich ging es nicht so schnell vorwärts, wie ein

Schiff heute die Meere durchkreuzt. Schwerfällig war ihr Fahrzeug, durch unbekannte Gebiete mußten sie es steuern. Mancher starb und wurde ins Meer versenkt, ehe das Ziel erreicht war, und viele Kinder wurden auf dem Schiff geboren.

Auch dem Freso – der ein Mann gewesen war in der Vollkraft der Jahre, als sie ihn zum Lenker des Schiffes bestimmten – waren inzwischen die Haare ergraut. Deshalb nannten sie nun auch ihn den »Alten« (oder, in ihrer Sprache, den »Uald«), gleich dem Unsichtbaren, der sie begleitete.

Viele Gefahren hatte die Mannigfuald zu bestehen. Einst, als ihr eine riesige Wolke das Leitgestirn, den Orion, verdeckte, fuhren sie in die Irre und waren in Gefahr, in den seichten Wassern der großen Syrte aufzulaufen und steckenzubleiben. Zum Glück aber blies sie ein heftiger, heißer Südwind aus dieser gefährlichen Meeresbucht wieder hinaus.

Bald darauf sahen sie am nordwestlichen Himmel einen Feuerstrahl aufsteigen. Sie glaubten, daß er dazu da sei, ihnen durch die Nacht den Weg zu weisen, falls ihnen das Sternbild, dem sie folgten, wieder untreu werden sollte. Es war aber die Feueresse Vulkans, des Gottes der Schmiede, der seine Werkstatt im Ätna auf Sizilien betrieb.

Als der Feuerberg allmählich hinter ihnen verschwand, tauchten andere Berge und Inseln aus den Fluten empor, bis die hohen Uferfelsen an beiden Seiten des Meeres immer näher aneinander rückten, das Fahrwasser immer schmaler werden ließen und ihnen schließlich den Weg überhaupt zu versperren drohten.

Endlich fanden sie das enge Meerestor zwischen den »Säulen des Herkules«. Sie gaben ihm den Namen »dit Nau«, vielleicht weil ihr Schiff nur mit genauer Not hindurchkam, und weil sie sich auch später noch der Angst erinnerten, die sie dabei ausgestanden hatten.

Als sie durch die Meerenge gefahren waren, erlebten sie zum erstenmal das riesige Weltmeer. Heftiger brausten die Stürme und wogten die Wellen, mächtige Meeresströmungen rissen das Schiff mit sich fort, weit hinaus, bis dorthin, wo man nur Himmel und Wasser, Wasser und Himmel sah, in welche Richtung man auch schaute. Sollten sie das Land für immer aus den Augen verloren haben? Segelten sie bis zum Ende der Welt? War ihnen der Untergang bestimmt?

Da entdeckte Fresos Bruder Saxo, der Steuermann des Schiffes, am nördlichen Himmel einen fast still stehenden Stern, um den alle andern zu kreisen schienen und der jederzeit leicht aufzufinden war, denn die beiden hinteren Räder des Sternbildes, das sie den Himmelswagen nannten, standen mit ihm stets in einer geraden Linie. Diesen Stern also wählten sie von nun an zu ihrem Leitstern und segelten immerdar nach Norden.

Und als sie dabei wieder auf eine Küste trafen und an ihr zum erstenmal Ebbe und Flut erlebten, da glaubten sie, daß irgendwo ein riesiger Wal liege, der sich alle sechs Stunden voll Wasser sauge und es alle sechs Stunden wieder ausstoße und so das Auf und Ab der Gezeiten verursache.

Je höher sie nach Norden kamen, desto öfter hüllten dichte Nebel das Schiff ein, so daß es die Richtung zu verlieren drohte. Darum waren sie glücklich, als sie vor sich endlich ein weißes Segel auftauchen sahen, das zu einem Schiff aus den Nordländern gehörte, und sie beschlossen, ihm zu folgen.

So gelangten sie an Klippen und felsigen Küsten vorbei in den Ärmelkanal und zur Meerenge von Dover. Die erschien ihnen so schmal und eng, daß sie fürchten mußten, gar nicht hindurchzukommen. Deshalb gab Freso Befehl, die Backbordseite des Schiffes mit weißer Seife zu beschmieren.

Das half: Die Mannigfuald konnte sich zwischen den Klippen hindurchzwängen. Doch bis zum heutigen Tage haben die Felsen von Dover die weiße Farbe behalten, von dem Seifenschaum, den sie dem Riesenschiff abgestreift haben.

Nun endlich waren die Friesen dem Ziel ihrer Reise nahe. Sie segelten zunächst durch das Skagerrak und das Kattegatt in die Ostsee, doch da sie hier nur ganz seichtes Fahrwasser fanden, wäre ihr Schiff beinahe steckengeblieben, wenn sie nicht schnell allen Ballast ins Meer geworfen hätten – woraus die Insel Bornholm entstanden ist. Darauf aber kehrten sie schleunigst wieder um, kamen in die Nordsee zurück und gingen hier endlich vor Anker.

Freso siedelte sich in der Gegend von Vlieland an, Saxo etwas weiter ostwärts im Lande Hadeln, und Bruno endlich, der dritte der Brüder, hat Brunswig (Braunschweig) gegründet.

Inhalt

Neugestaltete Ausgabe
Einbandgestaltung: Christa Unzner-Fischer
Satz: Gebrüder Garloff GmbH, Magdeburg
Druck und Buchbinderei:
Offizin Andersen Nexö Leipzig GmbH
Printed in Germany 1994

ISBN 3-357-00954-4